공짜아저씨 세상보기

계룡산 지게꾼에서
여의도 방송국까지

김상경 지음

저자 근영

한누리
미디어

닭에게는 오덕(五德)이 겸비돼 있는데 머리에 벼슬을 지니었으니 문(文)이 있고 발톱을 지니었으니 무(武)가 있으며 싸움을 잘하니 용(勇)이 있고 모이를 암닭에게 남겨주니 인(仁)이 있으며 정확한 일출을 알려주니 신(信)이 있다.

나뭇짐을 지고 계곡을 내려오다가 지게를 내려놓고 잠시 쉬면서 싸 가지고 온 도시락으로 점심을 먹을 때 청정하고 깨끗한 물이 어찌 그리도 시원한지……

내 고향 공주 계룡면에는 갑사라는 유명한 사찰이 있다. 사진은 갑사 입구(좌)와 정자(우).

이 사진은 단 한 장만으로 남아 있는 아버 님 생전의 모습이다.

단 한 장의 사진으로 남아 있는 어머님의 생 전의 모습.

" 나도 잘 몰~러""공짜가 좋아"내 인생을 하루아침에 바꿔 놓은 016 CF 광고 장면.

공짜아저씨 세상보기

계룡산 지게꾼에서
여의도 방송국까지

김 상 경 지음

한누리
미디어

● 축하의 글

긍정적이고 성실한
과일가게 아저씨 파이팅!

감 독 박 명 천

1998년. 처음이자 마지막으로 찍어 본 모회사의 제약광고 촬영장에서 유난히도 어설프게 몸짓을 하던 엑스트라 아저씨 한 분이 모니터에 잡혔다. 힘없는 중년 남성들을 나타내기 위한 컨셉이었는데 양복 입은 무리 중 단연 시선을 잡아끌던 그분의 동작은 힘이 넘치다 못해 성실하기까지 했다. 하도 특이해서 조감독에게 연락처와 이름을 적어오라 했다.

그리고 2년 뒤 내 개인 파일에 묻혀 있던 그분의 실력은 한 이동통신 브랜드의 런닝 광고에서 유감없이 발휘되었는데 너무도 열심히 반복해서 대사를 외치다 보니 그만 침이 뚝 흘러 내리고……

나이도 많으신 분의 성실한 연기 앞에 나와 스탭들은 그저 숙연할 뿐이었다. (사실 웃음을 참다 못해 다들 입을 틀어막고 뒤로 돌아서고 말았지만.)

많은 연기자들과 작업을 하고 또 그들이 유명해진 이후에 변한 모습을 보기도 하지만 변함없이 친숙한 연기자는 찾아보기 힘들었다.

무엇이 그리도 감사한지 지금도 명절이 되면 군납용 위스키 한 병과 담배 한 보루, 그리고 과일 한 박스를 들고 직접 찾아오신다. 이제 그만 하셔도 될 것 같은데 계속 감사하시다니 나로서도 그저 감사할 따름이다.

긍정적이고 성실한 과일가게 아저씨의 살아온 이야기가 한 권의 책으로 나온단다. 머나먼 촬영장에서 그분의 이야기에 귀기울여 본다.

2002년 8월 5일

시드니에서

●축하의 글

세상을 향하여 그의 순수한
인간미가 널리 퍼지기를

방 송 인 왕 종 근

우리는 어느 날 갑자기 TV에서 '공짜아저씨' 김상경 씨를 만날 수가 있었다.

하루아침에 혜성과도 같이 나타난 '공짜아저씨'의 인기 파고는 전국을 강타하여 남녀노소할 것 없이 그를 좋아한다. 그러나 그는 화려한 연예인이 아니다. 과일가게 아저씨로서 그에게 붙여진 '공짜' 이미지는 무엇을 바란다기보다 오히려 우리들에게 주는 것으로 의미가 깊다.

우리들이 공짜아저씨를 좋아하는 것은 욕심이 없고 쓸 데 없는 야망도 없이 삶을 진솔하게 엮어 가면서 뼈를 깎는 성실한 노력으로 자신을 채찍질하기 때문이다. 거짓도, 허세도, 가식도 없는 순수한 마음과 행동, 그리고 밝고 깨끗한 웃음을 간직하고 있어 인간의 진실한 단면을 보는 듯한 느낌을 준다.

그 공짜아저씨가 책을 펴냈다. 그가 걸어온 발자취를 정리하여 진솔한 생활의 고백서인 《계룡산 지게꾼에서 여의도 방송국까지》라는 자서전으로 말이다.

그는 문학가도 아니고, 훌륭한 문장가도 아니며, 화술이 뛰어난 웅변가도 물론 아니다. 그저 편안한 이웃집 아저씨로서 고향 냄새 물씬 풍기는 진솔한 얘기를 솔직 담백하게 풀어냈다.

그리하여 읽는 이로 하여금 마치 고향을 찾은 듯한 포근한 안위감 속에 편안함을 느끼게 할 것이다.

그가 세상을 향하여 담아내는 메시지가 하나의 메아리로 널리 퍼져 나갈 것을 축원하면서 그의 성품 그대로 조용히, 그리고 꾸준한 발전과 번영을 기대한다.

● 축하의 글

모든 독자들에게
잔잔한 감동의 메아리가

환경보호연예인협회 회장 **용 수 택**

혼자서 노래를 부르면 독창, 여럿이 부르면 합창이라 한다. 노래하는 사람 개인마다 독특한 음색과 남다른 음역을 지니고 있다 해도 합창단 단원으로 공연을 할 때에는 정해진 멜로디와 화음 이외의 독자적인 음역으로 노래해서는 안 되고 가창력과 느낌으로 단원들과 조화시키며 노래해야 한다.

하물며 수백, 수천 명이 정해진 취지와 목적 아래 모여 하나의 단체활동을 하는데 다를 바가 있겠는가?

그동안 환경보호연예인협회의 구성원으로 왕성한 활동을 해오신 김상경 회원님!

티끌만한 불협화음 하나 없이 수천 명의 합창단(환경보호연예인협회)의 일원으로 묵묵히, 그리고 열심히 활동해 오신 선생께서《계룡산 지게꾼에서 여의도 방송국까지》라는 제하에 자서전을 출판하게 되었다니 기쁘고 장한 마음이 앞선다.

진심으로 축하를 드리면서 아낌없는 박수와 찬사를 보낸다.

사회 저변에서 소외된 계층의 어두운 곳을 두루 찾아다니며 웃음과 용기, 그리고 희망을 선사하면서도 항상 겸손함을 잃지 않으시던 김상경 선생!

황금만능주의가 만연해 있는 현실에서 금욕으로 물질에 연연하지 않고 자원봉사 대열에서 주도적으로 봉사하시는 선생의 앞날에 무궁한 신의 축복을 기원하면서 이 책을 읽는 모든 이의 가슴에 잔잔한 감동이 메아리치기를 진심으로 기대한다.

● 책을 펴내면서

인내심으로 노력하는
성실한 삶을 전하고자

저자 김 상 경

　나는 충청도 양반 고을 공주 경천 땅에서 가난한 촌부의 아들로 태어났다. 학력이라고는 중학교 졸업이 전부이다. 계룡산을 벗삼아 엄동설한에도 고된 줄 모르고 지게로 나뭇짐을 져 나르던 평범한 촌부가 삶의 터전을 개척하고자 고향을 떠나 서울 마포에서 과일가게를 마련하고 운영하면서 하나에서 열까지 성심을 다하는 자세로 지금까지 열심히 뛰었다.

　나는 결코 일확천금이나 출세라는 것을 염두에 두지 않고, 오직 올바른 삶을 추구하면서 '주어진 여건 속에 어떠한 어려움이 닥치더라도 인내심으로 극복하고 열심히 살자'는 신조로 살아왔다.

　그런데 하늘의 도움과 생각지 않던 주변인들의 도움으로 여의도 방송국까지 이르른 오늘까지의 삶을 되새겨 보게 되었고, 나 자신의 삶을 정리해 보면서 평소 시간나는 대로 메모해 두

었거나 일기로 기록한 것을 정리하여 책으로 세상에 내놓게 되었다.

지난 인고의 세월을 겪으면서 독자들에게 전하고자 하는 메시지는 '인내심 속에서 성실하게 노력하면 된다'는 분명한 진리 한 가지다.

무엇보다도 나는 조실부모하여 생전에 어머님의 따뜻한 사랑을 받아보지 못한 천추의 통한을 가슴에 담고 있으며, 부모님에게 불효막심한 죄를 속죄하는 마음에서 다하지 못한 효의 갈증을 불우한 노인들에게 쏟아 붓는 자세로 오늘날까지 살아왔다.

그래서 이 책 속에는 부모에게 효를 다하라고 장려하는 문구가 많고 어린 학생이나 중·고등학생들의 이해를 돕기 위한 배려로 한자에 토를 달아보았다. 비교적 알기 쉬운 평범한 문체로 구성한다고 노력했으나 어색한 구석에는 이해를 구한다.

미천한 글을 현장감 있게 표출하느라 힘써 노력해 주신 「사회복지저널」임성호 편집국장님과 한누리미디어 김재엽 사장님, 또한 나를 키워 주신 박명천 감독, 왕종근 아나운서, 그리고 KBS, MBC, SBS 방송관계자 및 교육방송국과 불교방송국 프로 담당자들께 고맙다는 인사를 전하면서 그동안 나를 성원해 주시고 사랑해 주신 수많은 팬들과 국민들에게 진심으로 머리 숙여 감사의 인사를 드린다.

2002년 8월

차 례

공짜아저씨 세상보기 – 계룡산 지게꾼에서 여의도 방송국까지

18

1 출생에서 엑스트라까지

차 례

2 계룡산 지게꾼에서 여의도 방송국까지

3 공짜보다 더 좋은 건 베풀고 사는 것

차 례

4 공짜아저씨 세상보기

차 례

5 사랑의 카네이션

6 공짜아저씨 세상나들이

1

출생에서 엑스트라까지

　　다행스러운 것은 내가 초등학교에 입학한 후 가정에 있어야 할 어머니의 빈 자리를 비관하며 불우한 환경을 탓하였지만 오늘의 나! 김상경은 꿋꿋이 이겨내고 참아내어 현실적으로 존재 위치가 분명히 달라져 있는 것이다. 비록 불우한 환경 속이었지만 공부에 재미를 붙였고 학교에서 친구들과 사귀는 생활은 그들과 함께 조금도 티없는 밝은 생활로 친구들과 어울려 뛰노는 생활을 즐겼다.

　　학교 생활이 즐거우니 공부도 열심히 하게 되고 성적도 우수한 편이었다. 2학년 때부터는 담임선생님의 귀여움과 칭찬도 받았고 공부를 잘하는 덕택에 여름이면 따갑게 내리쬐는 땡볕을 피해 음지로 자리를 옮겨 앉는 특혜까지 누렸다. 성적이나 품행이 우수한 학생으로 인정받으면서 행동도 활기찼고 성격이 밝은 덕택에 친구들이 많이 따라 학급 급장, 부급장도 지냈다. (본문 중에서)

고고의 소리와 함께 한 나의 탄생(誕生)

옛날에는 영웅호걸이나 나라에 큰 일을 할 인물, 충신들이 탄생할 때에는 산모의 임신 초기부터 꿈에 용이 나타나고 여의주가 산모의 품에 들어오는 등 범상치 않은 징후가 나타난다고 한다. 또한 그들이 세상에 태어날 때는 천둥 번개와 우레가 일면서 큰 인물의 탄생 징후가 요란하고 별난 징조를 보였다고 한다.

그러나 나는 어머님의 모태로부터 특별한 징후도 없었고, 출생 역시 다른 아이들과 조금도 다를 바 없이 평범한 가운데 고고의 소리를 울리며 한 생명, 한 인간으로서 하늘이 주신 생명 그대로 이 세상에 태어났다.

내가 태어난 곳은 산수의 풍경이 수려하고 깊고 맑은 물이 흐르는, 선조 대대로 인심이 후덕하기로 유명한 충청도 양반골, 백제의 고도, 백제의 불교 문화가 유존되어 있는 계룡산 골짜기, 충청남도 공주시 계룡면 경천리이다.

이곳을 계룡산(鷄龍山)이라 칭하는데 닭 벼슬과도 같다고 하여 계(鷄), 봉우리가 용(龍)이 꿈틀거리는 모습과 같다고 하여

내 고향 공주 계룡면에는 갑사라는 유명한 사찰이 있다. 사진은 갑사 입구.

붙여진 이름이다.

또한 인근에 갑사, 마곡사, 신원사, 동학사 등의 유명한 사찰
이 있고, 옛 선조들의 기(氣)와 예(藝)가 살아 있는 유적이 많아
관광명소로도 너무나 잘 알려진 자랑스러운 고장이다.

계룡산은 5대 국립공원으로 지정되어 있기도 하며, 한국의 영
산(靈山)이고, 충남의 영봉(靈峰)이다. 높이가 828m, 너비가
200리나 되며, 70여 개의 봉우리와 300여 곳의 등산로가 있다.

금강이 충청인의 젖줄이라고 하면 계룡산은 어머니의 가슴 속
이자 뱃속이라 할 수 있는 곳이다.

3세 때 어머님 잃고 새 엄마의 슬하에서

단 한 장의 사진으로 남아
있는 어머님의 생전의 모습.

이토록 아름답고 자랑스러운 내 고
장 내 고향과는 달리 나의 어린 시절
은 그리 행복하지 못했다.

내 나이 3세 때 아직 사물을 제대로
알아보지도 못했던 유아시절, 엄마의
얼굴조차 제대로 가려 볼 수 없는 어
린 나이에 어머님을 먼 나라로 보내야
하는 운명을 맞이하게 되었다.

엄마의 품에서 따뜻한 사랑을 미처
느껴 보지도 못한 채 재롱 한 번 떨어
보지도 못하고 할머니의 슬하로 옮겨
져 쓸쓸하게 어린 시절을 보냈다.

지금 같으면 분유나 우유가 모유 못지 않게 잘 만들어져 있
어 비록 엄마의 젖을 먹지 못한다고 해도 대용우유가 많기도 하
지만 당시 나의 어린 시절에는 우유라는 것은 듣지도, 보지도
못한 것이고 이웃 아주머니들의 동냥젖으로 연명해야만 했다.

이렇듯 어린 유아 때부터 성장에 어려움을 당했으니 만성적인 영양실조는 물론이고 키도 일찌감치 성장을 멈추고 말았다.

그러던 어느 날, 아버님은 비가 억수같이 쏟아지는 비속에서 낯 모르는(?) 여인을 한 분 집으로 데리고 오셨다. 이를테면 아버지는 새 장가를 가신 것이고 나에게는 새 엄마(계모)가 생긴 것이다.

이때 내 나이 철부지 일곱 살이었다. 계모가 무엇인지, 새 엄마가 왜 필요한지 도저히 이해가 가지 않는 어린 나이였다.

우울한 내 마음과는 무관하게 알 필요가 없다는 듯 하루종일 억수 같은 장대비가 쏟아져 내렸다.

비가 오면 예나 지금이나 기분이 저기압으로 내려앉아 공기도 둔탁하고 주변이 구질구질해져 지저분한 분위기는 다를 바가 없다. 이를테면 내 마음도 별로 좋지 않아 우울한 기분인 데다가 구질구질하게 비가 쏟아지니 어린 내 마음은 서글픔으로 가득 쌓여 있었다.

그런데 뜻하지도 않게 낯 모르는 여인을 데리고 들어온 아버지가 나에게 "새 엄마다"라고 소개시키고 새 엄마에게 절을 하란다.

가뜩이나 비가 쏟아져 돌아가신 어머니에 대한 그리움으로 상념에 젖어 있는데 낯선 여인을 데리고 들어와서 "새 엄마이니 인사드려라"고 하는 아버지가 야속했고 이해가 되지 않았었다.

'어째서 이 여인이 엄마인가? 엄마는 한 분뿐인데 죽은 엄마가 진짜 엄마가 아닌가?' 하는 반항도 나올 법하였으나, 그러나 항변 한 마디 하지 못한 채 내 마음과는 상관없이 무의식적으로 절을 꾸벅하였다.

이것으로 모자간의 혈연관계가 형성된 것이리라. 아무리 어린 나이였지만 아버지께서 사전에 귀띔 한 마디라도 해주었으면 그래도 덜 서운했을 것이다.

옛날 어른들은 자식과는 상관없이 자기 편한 대로 행동을 해놓고 자식들에게 그대로 따라오라 강요하고 엄명일관으로 처신을 했다. 이런 조상들의 통념은 비단 내 문제와는 상관없다 할지라도 수많은 문제점을 일으켜 자녀들을 불행한 나락으로 추락시켰다.

이날 따라 돌아가신 어머님 생각으로 눈물이 났고, 먼저 가신 어머님을 무척이도 원망하며 울음을 삼켜야만 했다.

지금도 단 한 장 남은 어머님의 사진만으로 그 형체가 기억될 수 있는 어머님의 얼굴이지만 그때는 너무 어려서 더욱 기억이 희미하기만 할 뿐이었다.

어머니를 그리는 사무친 어린 내 가슴엔 서러움만 일고 있었고 한 번 떠나가신 어머님의 형상은 영영 돌아오지 않았다.

분명히 아버지와 부부의 연을 맺고 함께 살고 있으니 새 어머니도 어머니임이 분명한 것일 게다. 그러나 나를 낳아준 어머니가 아닌 새 어머니에게 정이 가지 않았다.

어린 마음 속에 응어리져 있는 반항 심리가 나도 모르게 노출되었는가? 불만 섞인 삐딱한 모습을 보았는지, 집안기강을 잡으려는지, 또는 자신이 낳지 않은 전실 자식이라서 그런지, 계모의 날카롭고 매서운 학대가 시작되었다.

그 학대의 발톱이 어린 나에게는 견디고 참기에 무척이나 괴로웠고, 친자식이 아니라는 사실로 해서 어린 나에게는 서러움만 생겨났다.

사사건건 트집을 잡고 아무리 잘했어도 '잘했다' 칭찬 한 마디도 없이 인정사정 없이 회초리로 다스리는 계모가 솔직히 미웠고, 두려움의 대상이었으며 모든 것을 싫어하게 만들었다.

계모의 학대 속에서 자란 어린 내 가슴에 멍든 피맺힌 서러움으로 해서 항변도 있을 법한데 우직스러운 나는 이 어려운 학대의 서러움을 잘 참고 견디어 나갔다.

계모의 학대로 어린 내가 받은 많은 서러움의 상처를, 그리고 가슴 아픈 사연을 나의 뇌리에서 없앨 수가 없으나 성년이 되면서 계모의 입장을 이해하게 되었고, 없는 살림에 고생 또한 엄청나게 하셨기에 나는 내 슬픈 마음의 기록에서 삭제하기로 마음먹었다.

비록 어린 내 가슴을 멍들게 만들고, 냉정하고 쌀쌀맞은 냉대로 서러운 상처를 안겨 주었다 할지라도 비록 낳아 주신 어

계모의 회갑사진이다. (사진 좌에서 첫 번째가 이복형제 둘째 처제, 그 다음이 셋째 처제, 중앙이 어머니, 우에서 두 번째가 아내, 그 다음이 큰형수다.)

머니가 아니지만 나를 키워 주신 어머니이다.

　더욱이 어머니는 현재까지 고향 공주 경천 땅에 아직도 생존해 있을 뿐 아니라 이복 동생들간에 알력이나 불화가 조금도 없이 가족간의 화목을 유지해 오고 있다.

　심성이 착한 형제들간의 우애를 창조하여 노년에 자식들을 모두 분가시키고, 홀로 여생을 보내는 어머니를 원망하는 마음보다 그래도 어쨌든 부모를 공경하는 내 마음이 살아 있는 한 어머님을 욕되게 하거나 원망의 대상으로 삼고 싶은 마음은 없다.

학창시절, 티 없이 맑은 소년시절

　현대 사회에서 일어나는 각종 사건 중에 가정의 파괴로 해서 일어나는 크고 작은 사건이 상당히 많음을 접하게 된다.

　부모들의 가정파괴로 인한 자녀들의 문제에 관한 뼈아픈 사실을 누구 못지 않게 체험한 사람이 바로 나다. 가정파괴로 인한 결손 자녀들의 정서적 불균형은 한 순간에 일생을 그르치는 불행한 사태를 일으킨다고 한다.

　그러나 다행스러운 것은 내가 초등학교(구 경천국민학교)에 입학한 후 가정에 있어야 할 어머니의 빈 자리를 비관하며 불우한 환경을 탓하였지만 오늘의 나! 김상경은 꿋꿋이 이겨내고 참아내어 현실적으로 존재 위치가 분명히 달라져 있는 것이다. 비록 불우한 환경 속이었지만 공부에 재미를 붙였고 학교에서 친구들과 사귀는 생활은 그들과 함께 조금도 티없는 밝은 생활로 친구들과 어울려 뛰노는 생활을 즐겼다.

　학교 생활이 즐거우니 공부도 열심히 하게 되고 성적도 우수한 편이었다. 2학년 때부터는 담임선생님의 귀여움과 칭찬도 받았고 공부를 잘하는 덕택에 여름이면 따갑게 내리쬐는 땡볕을

나뭇짐을 지고 계곡을 내려오다가 지게를 내려놓고 잠시 쉬면서 싸 가지고 온
도시락으로 점심을 먹으면 청정하고 깨끗한 물이 어찌 그리도 시원한지……

피해 음지로 자리를 옮겨 앉는 특혜까지 누렸다. 성적이나 품
행이 우수한 학생으로 인정받으면서 행동도 활기찼고 성격이 밝
은 덕택에 친구들이 많이 따라 학급 급장, 부급장도 지냈다.

당시 학급 급장들에게 주어지는 완장을 두르고 팔뚝에 찬 완
장이 마치 무슨 큰 벼슬이라도 되는 양 의기양양하게 어깨에 힘
을 주고 다녔던 모습이 생각난다.

그러나 어린 나에게는 콤플렉스가 있었다. 남들보다 키가 작
았고 나이에 비해 왜소한 체구였으며 무엇보다도 시력이 극히
약하여 항상 맨 앞자리에 앉아야 했다. 그런데도 선생님이 칠
판에 쓰는 분필글씨를 알아보는 데 남 모르는 고충이 따랐다.
아마도 어려서 제대로 먹지 못한 영양실조 때문이 아닐까 라는
생각이 든다.

그렇지만 친구들간에는 개구쟁이로 소문나 있었다. 그 시절

나와 같은 연령대인 사람이라면 누구든지 경험을 했을 법한 일로 당시에는 흔치 않았던 양초를 교실바닥에 칠하여 친구들이 미끄러져 넘어지는 광경을 보고 좋아라 즐기던 일 등, 꽤나 짓궂은 장난으로 악동으로 오인되지나 않았는지 궁금하다.

지금 생각해 봐도 당시 가정형편으로써 우울증이나 비관으로 친구들과 잘 어울리지도 않고 외톨이로 소위 왕따 당할 그런 형편이었으나 성격이 밝았기 때문에 친구들과 원만하게 지내게 되었음을 다행으로 생각하며 비관하거나 비굴하지 않았던 나의 어린 시절을 천행으로 여긴다.

나이 들면서 중학교(경천고등공민학교)에 진학했다. 학창 생활은 계속되었지만 그보다도 찢어지게 가난한 가정을 돌봐야 했다. 사시사철 왜 그토록 농촌은 어린 나에게 감당하기가 힘든 일이 태산처럼 많기도 했는지. 농사일을 도우랴! 학교에 등교하랴! 모든 것이 나에게는 힘든 과제였고 무척 어려운 생활이었다.

가정일로 해서 학교에 일찍 갈 수가 없었다. 그야말로 매일 겪는 지각으로 해서 담임 선생님께 밥먹듯 꾸중을 들었고, 심하면 결석까지 해야만 하는 어쩔 수 없는 사정도 생겼다. 부지런한 아버지 때문에 아직도 어둠이 채 가시지 않은 새벽 미명에 농촌 들녘으로 나가서 소풀 한 짐 베어다 놓아야 아침을 한 술 먹을 수가 있었고, 아침 한 술 뜨기가 무섭게 급히 학교로 달려가기에 바빴다. 학교에서 돌아와서는 또 들녘으로 나가 소풀을 베어야 했고, 농사일을 돕다 보니 공부할 시간은 거의 없었다. 숙제는 해 가지고 가야 그나마 선생님의 매서운 회초리를 피할 수 있었기에 밤늦게 졸면서도 숙제만은 했다.

그때만 해도 배고픈 시절이라 허리띠를 졸라 매고 '보릿고 개'라는 서릿발 같은 어려운 시기를 넘겨야 했다. 일은 힘들고 배는 고프고, 지금같이 쌀이 남아돌아 풍년도 반갑지 않은 세 태와는 전혀 다른 참으로 살기 힘든 시절이었다. 꽁보리밥에 된 장, 고추장 하나만 가지고도 진수성찬이었고 이마저도 부족해 배를 곯았다. 그때 먹던 고구마나 개떡이라고 하던 보리떡이 오 늘날의 각종 맛깔스런 음식으로 우리의 입맛을 돋궈주는 뷔페 보다 더욱 맛있었던 기억이 난다.

중학교 때 유머가 풍부하였던 역사 선생님께 배운 한문 노래 한 구절이 생각나 적어 본다.

소년(少年)은 이로(易老)하고, 학난성(學亂成)하니
일촌광음(一寸光陰)이 불가경(不可輕)이라
미각지당(未覺池塘)에 춘초몽(春草夢)인데
계전오엽(階前梧葉)이 기추성(己秋聲)이라
(소년은 늙기 쉽고 학문은 이루기 어려우니
짧은 시간이라도 가벼이 여기지 말라
아직 연못가에 푸른 꿈에서 깨어나지 못했는데
오동나무 잎은 가을 소리를 내느니라)

방학때가 되면 땔감을 구하러 계룡산에 묻혀 나무를 해야 했 다. 내가 살고 있는 인근의 연천봉은 산 높이만도 800m가 넘 는 높은 산이며 거리도 왕복 30여리가 넘는 먼 곳에 있었다.

도시락 하나 달랑 싸들고 나무 한 짐 하러 하루종일 산 속을 헤매이다 보면 지게에 나무를 짊어지고 내려올 때에는 다리가 후들후들 떨리곤 했다.

계곡을 내려오다가 어깨에 짊어진 무거운 나뭇짐을 내려놓고 쉼바탕에서 잠시 쉬면서 계곡을 타고 내려오는 맑은 물, 오염되지 않은 청정한 물을 엎드려서 한 모금 들이키면 왜 그리도 시원한지……. 또한 싸 가지고 간 도시락 밥맛이 어찌 그렇게도 꿀맛인지 지금도 생각만 하면 입안 가득 군침이 돈다.

하늘이 인간에게 내려준 자연의 아름다운 선물을 우리 인간들이 마구 사용하여 공해를 유발하고 오염을 얼마나 시키고 있는지 다시 한번 돌아보는 자세를 가져야 할 것이다. 인간이 자연을 훼손시킴으로 해서 일어나는 각종 재앙이 현실적으로 심각하게 나타나고 있지 않은가!

고향 갑사에 있는 정자에서.
고향을 다녀올 기회가 있어
둘러보았다.

진학의 꿈을 접어야 했던 가난한 생활

　나도 학창시절엔 꿈도 많았고 나름대로 포부도 컸지만 가난한 우리 집 사정은 진학을 할래야 할 수가 없도록 지독하게 어려웠다. 어쩔 수 없이 진학의 꿈을 접어야 했고 내 생애의 학력은 중학교 졸업이 전부가 되었다.

　학교 진학을 위해 중대한 단안을 내려야 했지만 내 천부적인 순박성은 아버님께 별다른 항변도 못하고 환경에 순응하는 그런 촌부의 성품 그대로 강 건너 불 구경하듯 남의 일로 취급하고 말았다.

　학교 진학을 포기한 나에게는 농사일이 기다리고 있어 낮에는 소몰고 쟁기질, 써레질, 논매기 등을 하여야만 했다. 가을에는 벼베기 등 일상적인 농사일을 하면서도 배움의 미련은 버리지 못해 밤 늦도록 서당에 나가 주경야독으로 공부를 하였으나 이것도 배움의 복이 없었던지 2개월도 채우지 못하고 중도에 그만두어야 했다.

　서당에서의 배움의 길은 총 52일이었다. 나는 책을 무척 좋아했다. 그 중에도 인성덕목(人性德目)과 예(禮)와 공경(恭敬)

"돈 번건 없지만 마음은 부자예-

'벼락 CF스타'된 김상경씨의 추석

'공짜 아저씨' 김상경(58)씨는 올해 생애 최고의 추석을 맞는다. 이순(耳順) 가까이 살아오면서 올해처럼 많은 사람들로부터 관심과 사랑을 받은 적이 없기 때문이다.

"다 조상님 은덕이지유, 늦게라도 행운을 잡은 게 말예유." 그 '행운'이 뭐냐고 물었다. "지가 어떻게 국민 앞에 나서고 이름 나고 그러겄어유, 그게 행운이지유"했다.

"세상에 공짜가 어딨어" 하는 이동통신 CF 한방으로 단박 '스타'가 된 김씨는 동네 과일가게 아저씨 모습 그대로였다. 서울 공덕동 오래 된 주택가에 낯설게 비집고 선 새 아파트 단지, 그 후 문 앞에 김씨네 과일 가게가 있다.

'공주상회'란 구식 상호도 그렇지만, 벽돌 슬래브 2층 집이며 진열해 놓은 과일들 사이사이 '천도 3개 1000원'이라 써서 끼워놓은 종이쪽이, 그가 객지 생활 시작했다는 70년대에 멈춰있는 것 같다. 방에 걸린 숫자 큰 달력

69년 괴나리봇짐 싸 '무작정 상경'
삶터 과일가게 새벽 시장봐 정성
97년 '용의 눈물'서 첫 엑스트라

에는 1일부터 10일까지 죄다 빨간 동그라미가 그려졌다. 여백엔 방송이나 인터뷰 약속이 메모 돼있다. 그리 바쁜 와중에도 연휴 내내 가게 문을 연다.

"추석이 대목이니께 쉴 수 없지요. 1년에 하루도 안 쉬어요. 벌초는 지난달에 다녀왔고, 고향엔 14일 당일로 다녀올까, 생각 중입니다." 고향 공주 계룡면에는 어머니와 친척들이 살고 있다.

김씨가 'CF 스타'가 된 건 그야말로 '벼락치기' 같은 일이지만, 그의 인생은 차곡차곡 쌓여왔다. 고향서 논 몇 마지기를 일구던 그는 스물일곱살이던 1969년 서울로 '무작정 상경'했다.

"5만5000원 들고 올라왔어요. 5만원으로 방 한칸 구하고, 5000원으로 리어카 샀지요." 매일 새벽 4시 일어나 청량리 청과 시장 다녀오는 일도 그때 들인 습관이다. "오늘 아침에도 4시에 일어났어요. 일찍 일어나는 잠새가 모이 하나 더 주워 먹는다고. 그래야 좋은 과일을 살 수 있으니께."

여름엔 과일, 겨울엔 풀빵 기계를 리어카에 싣고 다니며 3년을 고생했다. 그렇게 땀 흘린 끝에 공덕동 버스 정류장 앞에 한 평짜리 가게를 냈다. 그리고 20여년을 과일만 팔아 집도 마련했다. 그러던 어느해 가게가 재개발 계획에 헐리면서 갑자기 '실업자' 신세가 됐다.

"그때 아는 사람 소개 받아 엑스트라 일을 나갔어요. 97년인가, '용의 눈물' 엑스트라였지요. '일하는데 불편해' 짧게 깎았던 머리 때문에 스님역을 주로 맡았다. 일당은 3만원, 그것도 받아야 한

○CF로 벼락스타가 된 '공짜 아저씨' 김상경씨는 2000년 한가위를 맞는 감회가 더욱 각별하다. 한복을 처럼 입은 김씨는 '돈이야 번 게 없어도 마음은 누구 못지 않은 부자'라며 환하게 웃었다.
/전기병기자 gibong@chosun.com

벼락 CF스타로 올라섰던 해에 추석 특집으로 일간지에 소개된 관련기사이다.

이 기록된《명심보감》(明心寶鑑)을 즐겨 읽었다. 시간이 있는 대로 책을 보았다. 혼자 있으면 책을 읽고 둘이 있으면 대화를 하고 셋이 있으면 노래하는 어려운 환경 속에서도 비교적 여유 있는 생활을 즐겼다.

농부로서 소마차도 끌고 장짐을 날라다주고 용돈도 만들어 썼지만 소를 생각하면 말 못하는 짐승에게 못된 고문만 자행한 것 같아 미안한 생각이 든다.

가난한 농촌 탈출, 첫 서울행

추운 겨울엔 계룡산을 오르내리는 지게질, 봄에는 씨앗을 뿌리고 전답을 가꾸는 막노동에, 여름에는 가뭄과 홍수로 홍역을 치뤄야 했다. 떠내려가는 전답에 물 빼는 작업으로 밤낮이 없고, 날씨가 가물어 땅이 갈라지는 극한적 상황에서는 물싸움이 빈번하여 밤마다 논둑에서 도둑 지키듯 보초를 서야 했고 샘물이 고이기 무섭게 밤새도록 퍼 올리는 것이 일이었다.

가을에는 벼베기로 대표되는 가을 추수와 겨울채비로 눈코 뜰새 없고 개미 쳇바퀴 돌 듯 사시사철 변함 없이 되풀이 되는 생활은 희망이 없었다.

노력한 노동의 대가만큼 생활이 보장되지 못하는 비전 없는 농촌! 젊디 젊은 내가 이곳에서 무엇을 바라볼 수가 있을 것인가? 꽉 막힌 답답한 마음은 고향을 탈출하여 서울로 떠나 버릴 것을 결심하게 하여 나로 하여금 고민에 빠뜨리게도 했다.

서울이란 곳은 기다리는 사람은커녕 찾아갈 곳도 없는 그야말로 타향 객지 그 자체였다. 서울로 간다고 해서 별다른 보장도 없었다. 그러나 맨주먹, 맨발이지만 불타는 젊음에 용기가 있고, 끈기와 노력을 자본 삼아 결국 나는 가출을 단행했다.

고향 경천에서 출발하는 서울행 버스에 올랐다. 서울행 버스는 지금의 사정과 근본적으로 다르다. 오늘날에는 공주발 서울행 고속버스도 있고 경부고속도로를 경유하여 2시간 여만 달리면 충분히 닿을 수 있는 가까운 거리이다.

그러나 당시에는 고속도로는커녕 도로가 포장되어 있지도 않아 6시간 이상 걸리는 장거리 여행에다 다른 차가 지나갈 적마다 일어나는 뽀얀 먼지를 뒤집어 써야만 했다. 덜거덕거리면서 달리던 중 천안을 빠져 수원에 못 미치는 지점에서 처음에는 사람들이 많아서 몰랐으나, 그 많은 승객들이 차에 오르며 내리는 비좁은 공간에서 사촌 매형을 만났다. 함께 이 버스에 탄 것이다. 뜻하지 않은 장소에서 만난 사촌 처남 매부! 놀란 것은 매형이나 나 자신이나 피장파장이었다.

"아니? 어데를 가나?"

"서울 가는 길이에요."

그러나 우리들의 대화는 여기에서 끝났다. 더 이상 물어 볼 필요도, 알 필요도 없게 된 것이다.

우리 집 형편을 잘 아는 사촌 매형이니 구차하게 미주알 고주알 물어 보지 않아도 내가 서울엘 가야 하는 서글픈 사정을 너무도 잘 알고 있는 까닭이다.

"점심이나 먹고 가라"며 도중에 차에서 내려 점심 한 끼를 사 줘서 얻어 먹었다. 점심을 함께 하면서도 낯선 서울로 떠나는 사촌 처남에게 권면이나 충고 한 마디 없었다.

하기야 무슨 말이 필요하단 말인가? 사촌 매형과 점심을 마친 후 "잘 다녀오라"는 인사도 못 들은 채 다시 버스에 올라 서울로 향했다.

석양의 땅거미가 내려 깔리는 용산 시외버스 터미널(지금은 이전되어서 그 장소에는 다른 건물이 들어서 있다)에서 내려 무조건 바꿔 탄 버스가 서울역전에서 내려주었다. 맨손만 가지고 떠나온 서울의 첫날 밤이 불안했고 걱정이 태산같기만 하였다.

꼬리에 꼬리를 물고 늘어선 차량 홍수, 어디를 그렇게도 바쁘게 달리는지 사람 많은 밤거리에서 거리를 밝혀 주는 가로등과 울긋불긋한 갖가지 색상으로 요란한 네온사인이 오히려 쓸쓸하게만 보였다.

서늘한 바람과 함께 쓸쓸하기 짝이 없는 내 생에 처음 찾은 서울에서 맞이하는 외로운 첫날 밤인 것이다. 난생 처음 올라와 걸어 보는 서울의 밤거리는 어디가 어디인지, 어디로 가야 할지, 목적도 없고 갈 길도 못 찾았다.

서울역 주변 곳곳을 헤매이던 나는 마침 허름한 건물의 고물상을 발견하고 무조건 빈 손들고 서울로 가출한 것을 밝히고 하루 저녁만 쉴 것을 청했다. 천우신조라고나 할까? 마음씨 좋아 보이는 고물상 아저씨는 나의 전후 사정 이야기를 듣고 "하룻밤만 자면 되겠느냐?"며 고물 행상을 하도록 주선해 주었다.

다급했던 나로서는 찬 밥, 더운 밥 가릴 여유가 없었다. 말하자면 고물상에 취업이 된 것이다. 고물상을 하면서도 엿장사도 해보았다. 그러나 이런 막노동으로는 입에 풀칠하기도 바쁘기만 할 뿐 돈이 모아지지는 않았다.

한강변의 시멘트 공사장으로 옮겨 봤다. 집도 없이 직장을 옮긴 것이다. 하지만 고달프고 배고프기는 마찬가지였다. 청운의 큰 뜻을 품고 상경한 것은 아니었지만 농촌에서의 농사일로 고달프고 배고픈 것은 서울이나 농촌이나 다를 바 없었다.

그래도 고향은 이웃간에 후덕한 인심과 인정이 살아 있어 따뜻한 이웃의 정은 있었다. 그에 비해 삭막하기만한 서울은 따뜻한 인정은커녕 냉정과 질시의 박대 속에서 희망은 사라진 지 오래인 것만 같았다.

맨주먹으로 서울에 뛰어든 것이 후회도 되었고 다시 내 고향 공주가 그리워졌다.

송충이는 솔잎을 먹고 자라야 하는가? 생각다 못한 나는 궁여지책으로 아니 별수 없이 귀향을 할 수밖에 없었다. 결국 배가 고파서, 가난이 싫어서 무작정 맨손만 가지고 젊은이의 의욕만으로 도전한 나의 서울 생활은 일단 실패로 돌아가고 고향 땅 공주 경천으로 돌아갈 수밖에 없었다.

결혼하여 농촌 안주를 꾀해 보았으나

　　촌부가 있어야 할 자리는 역시 내 고향 공주였다. 고향에 돌아와서 한때의 탈선(?)을 잊어버리고 농사일에 전념하며 해가 뜨기 전인 미명의 시간부터 하루종일 논과 밭에서 파묻혀 지냈다. 고된 농사일에 밤늦게 돌아오는 일상은 다람쥐가 쳇바퀴 돌듯 매일같이 똑같은 일정으로 반복되는 것이다.

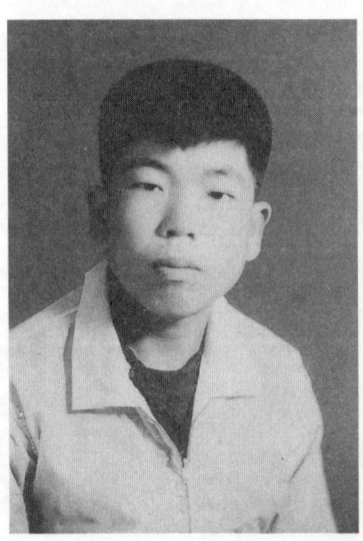

총각 처녀 시절 우리 내외의 모습.

그러다 보니 내 나이는 어느덧 24세! 결혼을 생각지 않을 수 없는 나이가 되었다. 인천에서 살고 있는 계모의 동생(이모) 주선으로 남들이 하는 것처럼 맞선을 보았다.

중매를 선 이모가 양가 살림 형편과 배우자 소개는 어련히 알아서 잘하지 않았을까 생각하고 성격이나 인물들을 따져 볼 여유도 없이 결혼을 하게 되었다.

바로 지금의 아내(서원석)와 백년해로 가약을 맺은 것이다. 1966년 1월 1일(음 12월 10일)로 날씨는 겨울답지 않게 포근하였고 눈이 하얗게 쌓인 청명한 날씨였다. 결혼식 날 눈이 오면 복 받는다는 소리를 들은 기억이 있어 기분이 과히 나쁘지는 않았다. 이날 집안 어른들과 친척들의 축하를 받으면서 한 가정을 이루게 된 것이다.

그런데 한 가지 이해가 되지 않는 요상한 일이 일어났었다. 결혼 하루 전날 마루 밑에 있던 개가 원인도 모르게 죽어 있었다. 예상치 못한 일이라 이를 놓고 경사라는 둥 흉사라는 둥 동네 사람들간에 화젯거리가 되기도 했다.

아내된 사람이 인천 자유공원 아랫동네 전동 길거리에서 점술집들이 줄나래 서 있는 곳을 친구들과 지나가다가 장난삼아 점을 본 일이 있었는데 이 점술집 할멈이 "결혼은 20대에 해야 하고 말띠(壬午 生)에게 시집가야 한다"고 하면서 "그러나 결혼을 전후해서 네가(아내) 죽지 않으면 짐승이 죽을 것이다"라는 점괘가 나왔었다고 한다.

역술인이나 무술인들의 말을 믿지 않고 지내오던 나로서는 괴상한 일이라고 생각하지 않을 수가 없었다. 하여튼 점괘를 믿든지 믿지 않든지 간에 사람들의 자유로운 선택이겠지만 이 사건은 실제 일어난 일이다.

아내는 병술생(丙戌生) 개띠이다. 우연의 일치로 보기에는 너무도 잘 맞아 떨어지는 운명의 단면이었다. 과연 일생에 있어서 사주팔자가 좌우하는지, "천리는 도망가도 사람 팔자는 도망 못 간다"라는 말이 있기도 하다.

그러나 사람의 운명은 출생 때부터 타고나는 것이 아니라 살아가면서 자신이 노력하는 것에 따라 결정되는 것이 아닐까?

꿈과 행복의 미래를 안고 촬영한 우리 내외의 약혼기념 사진.

어쨌든 결혼이라는 대사를 앞두고 아내 대신 짐승(개)이 죽었으니 점괘대로 말한다면 아내는 장수복(長壽福)을 탔다고 믿을 수밖에 없지 않은가? 아내의 장수복은 곧 나의 복이니 과히 기분이 나쁘지만은 않은 일이라 생각된다.

세사재심, 불기자심, 정심

世事在心, 不欺自心, 正心
(세상 일 모든 것이 내 마음 속에 있다.
자기 자신을 속이지 말라.
올바른 마음을 가져라.)

내가 자란 본가. 이곳에는 아직도
어머니(계모)가 혼자 살고 있다.

나는 과거 청소년 시절부터 명심보감의 교훈과 지혜가 담긴 귀한 글은 평소 마음 속으로부터 굳어 있는 나의 평생 좌우명이고 생활신조로 삼아 온 바른 마음, 밝은 행동, 바른 자세이며 이 지표에 의해 성실한 삶을 누리는 데 노력해 왔다고 자부하고 싶다.

결혼 초기에 분가하였어도 어려운 생활은 크게 달라지지 않았다. 우선 제일 급한 것은 두 내외가 마음 놓고 기거할 수 있는 보금자리였는데 집이 없어 불편한 생활은 큰아버지네

물레방아간 집에서 어려운 대로 해결할 수 있었다.

당시 내가 살고 있는 동네에 경천수리조합 공사가 시작되었다. 가뭄이 닥치면 하늘만 바라보고 가슴만 치고 탄식을 하던 것이 당시의 농촌 실정이었다. 천수답 둠벙에서 두레박으로 물을 퍼 올려서야 겨우 모내기를 끝낼 수 있었던 원시 농경문화에 수리조합 건설은 동네 사람들이 반기는 환영 속에서 시작되었다.

내 인생의 살림터를 마련할 수 있었던 경천리 저수지. 근년에 옛 추억을 더듬어 방문하였을 때 찍은 사진이다.

나는 어깨가 부서지도록 흙과 먼지를 뒤집어쓰면서 열심히 수리조합 공사장 노역을 감내했다.

이토록 열심히 노력한 대가는 거처할 내 집 마련을 하지 못해 불편을 겪던 나에게 집 한 채를 마련할 수 있는 행운을 가져다 주었다. 나의 피나는 노력으로 마련된 내 집이 비록 농촌의 허름한 집이었으나 내 집이라는 자부심으로 무척이나 기뻤다. 이는 비단 나만이 가지는 감격적인 기쁨만은 아닐 것이다. 집이 없어 전월세로 전전하는 집 없는 서러움을 받던 이들이 어렵사리 집을 장만하였다고 하면 그 기쁨과 환희는 똑같을 것이다. 물론 나는 집을 마련한 후에도 게으름을 피우지 않고 더욱 열심히 농사일에 전념하였다.

큰딸 지영이와 둘째딸 지수. 생활이 어려웠던 유아시절의 사진이다.

그러나 우리의 농촌 실태는 노력한 만큼 보상이 보장되지 못한다는 취약점을 갖고 있어 나는 무척이나 갈등과 방황의 기로에서 번뇌의 생활을 보냈다.

당시 나의 재산이란 농촌에서도 별로 가치가 높지 않은 집 한 채, 그리고 부모님으로부터 유산으로 물려받은 논 다섯 마지기가 전부였다.

도저히 이것으로는 답이 나오지가 않았다. 그러면서도 부부의 정은 돈독히 굳어져 그 해(66년) 첫 아이 지영이를 낳았고, 3년 후인 69년도에 둘째 딸 지수를 낳았다. 식구는 늘어나고 생활에는 변동 없이 형편은 제 자리에 맴돌았다.

때로는 제 자리에도 오르지 못하는 곤궁한 생활의 파고는 한 가정의 가장인 나에게 식구들을 부양해야 할 의무와 기본적 자세를 요구하게 되고 나는 또 다시 고향을 탈출해야겠다는 다부진 마음을 먹게 되었다.

가난을 탈출하기 위한 두 번째 상경

나는 내가 자란 고향 땅 공주를 싫어한 것이 아니었다. 농촌에서 찌든 가난한 삶이 싫었고 고된 노동에 비하여 상대적으로 적은 소득에 자신이 없었다. 물론 비전도 없었다. 가난을 탈출해서 새로운 삶을 개척해 보려는 의도에서 또 다시 상경을 꿈꾸게 되었다. 찢어지는 가난을 모면해 보려는 나의 마지막 시도라고나 할까.

남들처럼 서울을 무조건 동경하고 청운의 꿈에 부풀어 대책 없는 상경은 아니다. 타지의 고통을 자진해서 떠안아 보려는 철부지의 행동과도 솔직히 거리가 멀다.

구차한 변명으로 서울행을 정당화하고픈 심정은 추호도 없다. 그러나 또 다시 고향을 등지고 떠나는 상경은 1차 쓰라린 실패를 경험한 일이 있는 나로서는 하나의 모험이요 투기일 수밖에 없는 것이었다. 또 다시 똑같은 실패가 되풀이되지 않을까 하는 두려운 생각이 들었지만 지난날 1차때의 시도와는 현재 상황은 다르다. 그때는 혈혈단신 총각의 몸이었으니까 고생도, 배고픔도 참고 견딜 수가 있었다.

CF에서 공짜아저씨로 알려진 뒤 만든 기념우표.

그러나 이제는 그때 상황과는 판이하게 다르지 않은가. 이미 결혼하여 아내가 있고 내게 딸린 두 여식이 있지 않은가. 서울행을 결행한다 해도 아무런 보장이 없다. 오히려 고향이, 가난하지만 정다운 이웃간에 인정이 있고 잔뼈가 굳은 내 고향이 차라리 낫지 않겠는가? 하는 갈등도 없지 않았다.

그러나 용기를 내어 서울행을 결심하고 출발을 서둘렀다. 재산 제 1호인 가옥을 정리하고 이것 저것 끌어 모아 모여진 돈이 5만 5천원, 그리고 이불 보따리가 전 재산이었다.

어찌 되었든 간에 한번 작심한 일은 단칼에 끝내 버리고야 마는 성급한 내 성격은 서둘러 고향을 떠날 것을 재촉하고 막연한 미지의 서울로 향하였다. 고향을 떠날 것을 계획한 것이 1965년이고, 1970년도 정월 그믐날 상경길에 올랐으니 5년만의 출발이다.

고향을 떠나는 마음, 직장이나 사업장이 마련되어 서울로 향하는 발걸음이라면 오죽 가벼웠을까마는 아무런 기약 없이 고향을 떠나는 내 마음은 착잡하고 발걸음 역시 무겁기만 하였다.

미지의 서울 생활, 성공도 실패도 가늠치 못하면서 떠나는 불안감과 낭패스러운 마음은 무척이도 머릿속을 어지럽혀 번뇌의 소용돌이로 나를 휘감고 있었다.

"울면서 떠나간다 정든 내 고향 경천 땅
계룡산아 잘 있거라 친구들도 안녕히……
몸이야 떠나간들 마음이야 변할손가
울리는 자동차 경적소리, 내 마음을 때리는구나
임이여 울지 마오. 이별의 화마루* 정거장"

*화마루는 고향 경천 버스정류장 이름.

내가 고향을 떠나면서 피눈물 맺힌 한을 달래며 부르던 노래
였다. 무작정 상경하여 발 닿은 곳이 마포 공덕동이었다. 서울
입성 두 번째의 일이다.

4식구가 겨우 몸을 펼 수 있는 좁은 방을 얻어 놓고 생업을
위해 무엇인가를 해야 할 것이 아닌가? 남들처럼 출중한 학력
으로 우리나라 경제를 손에 쥐고 흔드는 재벌기업에 이력서를
내놓을 만한 처지가 못되었다. 그렇다고 아는 사람이 있어 바
늘귀보다도 더 좁다는 취업 부탁은 아예 생각도 못할 일이었다.

궁여지책으로 월세를 지불하고 손에 남겨진 몇 푼의 돈으로
리어카를 사서 풀빵장사를 시작했다. 하긴 풀빵장사든, 물빵장
사든 누구는 태어나면서 해본 경험이 있던가? 경험 없이 해보
자, 하면 된다 라는 신념 하나뿐으로 생업을 위해 피나는 절규
였고 나의 몸부림이었다.

풀빵장사, 별로 힘들 것 같지 않았는데 생각보다 많은 잔손
질과 노력이 요구되었다. 팥을 사다 삶아내어 설탕, 우유, 계란
과 함께 반죽을 해서 빵틀에 넣고 구워내는 것이다. 이런 과정
은 처음에는 서툴렀고 애를 많이 먹은 기억이 지금도 나의 뇌
리에서 사라지지 않는다.

이러한 과정에서도 아내의 내조의 힘이 컸다. 아내는 생활력이 강했고 성격도 당찼다. 어떤 어려운 일이 닥쳐도 결코 좌절하지 않고 몸으로 직접 부딪치고 뛰는 성품은 어려운 생활고로 고전하는 나에게 용기를 주었고 힘이 되어 주었다.

추운 겨울, 영하 10℃로 곤두박질 치는 날씨에 노점 장사에게는 추운 것은 둘째 문제였다. 주전자 호스가 추위에 꽁꽁 얼어붙어 밀가루 반죽이 나오지를 않았다. 엎친 데 덮친 격으로 연탄가스 냄새는 지독해서 숨이 막히기까지 했다.

그러나 이렇게 어려운 고충은 생업이라는 목구멍의 포도청이 무서워 웬만한 고생은 고생이라는 생각조차 하지 못했고, 무조건 열심히 노점상을 꾸려나갔다. 덕택에 코흘리개 어린애들의 때꾸중 묻은 돈과 학생들, 주부들의 귀객이 끌었다. 그런 대로 장사가 짭짤한 재미를 본 것이었다.

그러다가도 날씨가 해동되면서 계절이 바뀌면 풀빵장사는 아예 문을 닫아 버리고, 아이스크림을 팔고 냉차장사로 변신했다. 비가 오는 날, 남들은 공치는 날이라고들 하지만 나에게는 공치는 날이 있을 수가 없었다. 그만큼 생업에 대한 나의 책임감과 열정은 무서웠다.

사슴농장(포천)에서 여주인과 함께 대화를 나누고. 사슴의 맑은 눈, 고운 모습을 볼 수 있어 좋았다.

언제부터 그런 용기와 아이템이 구상됐는지 솔직히 나도 잘 모른다. 어쨌든 노력하자는 일념이 내 머리에는 가득 차 있고, 다른 여유는 생각조차 할 수가 없었다. 칼통을 만들어 메고 부엌 식도, 양복점 가위 등 칼 가는 일이라면 가리지 않고 서울거리, 뒷골목, 동네를 뒤지고 다니면서 "칼 가세요~"를 외치고 다녔다.

지금도 잊지 못하는 '울면서 넘어간다'는 미아리고개를 넘으면서 점심으로는 호떡 한 개로 끼니를 때우며 외치고 다니는 나의 소리는 하나의 절규요, 피맺힌 호소이기도 했다.

메뚜기도 한철이라고 했던가? 때마침 김장철이라 마침 주부들이 칼이 잘 들지 않아 애를 먹던 시기와 맞아 떨어졌다. 그리하여 칼 가는 장사가 짭짤하게 재미를 보았다. 칼 가는 것을 택한 이유는 우선 자본이 들지 않았고, 주부들이 칼에 대한 지식이 부족했던 점에 착안한 것이다.

당시 칼 갈러 다니는 사람도 없지가 않았지만 대다수가 칼 가는 법을 제대로 알지 못해 무성의하게 손님을 대했다. 그래서인지 성실한 나의 장사 태도에 손님들이 몰려들었고, 어떤 사람은 나를 기다리느라고 한 달 동안 내쳐 두기도 했다. 구차하게 공덕동에서 먼 거리인 미아리 쪽을 택한 것은 내가 살고 있는 이웃들의 눈을 피하기 위함이기도 했다.

이것도 잠시. 또 다시 살을 에어내는 듯한 엄동설한의 추운 겨울이 돌아왔다. 풀빵장사가 계속된 것이다. 풀빵장사를 하며 바로 옆 노점상이 시비를 걸어오기도 했다.

이런 제기랄. 이까짓 풀빵장사에도 다툼이 있어야 하는가? 다툼의 원인은 초등학생을 비롯 중·고등학생, 일반인들이 풀빵가

어렸을 때 한때는 권투선수가 될 것을 꿈꾸기도 했다. 사진은 권투를 배우던 시절의 한 장면.

게로만 몰리고 자신의 토스트 가게는 파리만 날리게 되어서 심통이 났던 것이다. 결국 한 바탕 큰 소리가 오고 가다가 주먹질이 오가기까지 했다. 큰 사건이 일어났다. 소년시절, 한때 권투선수를 꿈꾸던 것이 장사꾼 싸움판에서 한 몫 하였다.

아버님의 별세, 가슴 아픈 비애

서울 상경 후 3년도 채우지 못한 때에 당시에는 20만원 짜리 전세방에서 5식구가 어렵지만 그런 대로 행복하게 지낼 수 있었다. 고된 삶이었지만 새벽부터 밤늦게까지 그렇게도 소원인 내 점포 하나 마련하기 위해서 힘을 모으고 있었던 때다. 리어카를 끌면서 거리 골목을 돌며 하루하루를 어렵게 넘기던 때에 뜻하지 못한 아버님 부음을 통고 받게 되었다.

아버님의 별세가 갓 회갑을 넘기신 춘추 때이시니 지금 시대로 말하면 아직까지도 옥체에 한참 활동하실 수 있는 나이이기도 하다.

삶에 얽매여 목구멍이 포도청인지라 어떻게 하든지 남들처럼 살아볼려고 내딴에는 무척이도 몸부림을 쳤는데 아버님 별세 소식은 부모를 잃은 다른 자식들의 비애스러움과 다를 바 없이 나 역시 비통하고 애석한 눈물을 흘려야만 했다.

평생을 촌부로서 전답을 가꾸시며 고된 농사일만 하시다가 돌연 세상을 떠나신 것이다. 예나 지금이나 농촌의 농사일은 과도한 노동력이 요구되었다. 아버님도 현실적으로 힘든 일에 종

아버님 생전의 모습. 역시 이 사진도 단 한 장 남아 있는 것이다.

사하시다가 당신의 생애를 다하신 것이다.

안타까운 것은 이 불효 막심한 자식이 방송매체를 타고 전국에 알려지는 '공짜'의 성공적인 붐을 보시지도 못하고 먼저 떠나신 아버님이 안타깝기가 한이 없다.

인명(人命)은 재천(在天)이라고 했다. 수삼년만 더 사셨다면 노년을 편하게, 그리고 원 없이 성심을 다해 효성을 바칠 수가 있었으련만 이미 아버님은 다시 오지 못할 먼 길로 영영 떠나신 후다. 안타까워 몸부림친 통한의 마음이야 천만 가지 입으로 말해 본들 무슨 소용이 있을 것인가?

부모님이 살아 계셔서 모실 수 있다는 것은 자식에게 주어진 큰 복으로 알고 행복한 마음으로 살아 계신 부모님께 효를 다해야 할 것이다. 효의 기회가 있다는 것은 복중에서 으뜸 되는 복으로 알고 부모님 살아 계실 때 정성스러운 효를 행해야 한다. 한번 떠나가신 부모님이 애통해 땅을 쳐도 행하지 못하는 불효 막심한 자신의 불효를 뒤늦게서야 후회한들, 이 세상에서 단 한 분뿐이신 부모님은 이미 세상에 존재치 않을 뿐이니 안타까움만 더할 것이다.

공덕동 과일가게

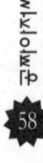

　노점상을 하면서 돈이 조금 모아졌다. 이 돈이 모아진 것은 나의 피와 땀, 그리고 성실하게 노력한 결실이다. 피와 땀의 결실인 나의 돈은 근래에 자주 터지는 불법비리 때마다 불리어지는 수억 단위는커녕 수천에 불과한 적은 돈이다.

　하지만 수백 억원씩 널름널름 잡수셨다가 소화 불량에 걸려 고생하시는 높은 벼슬아치들의 부정한 돈에 비해 얼마나 깨끗하고 값진 돈이란 말인가?

　나의 재산은 솔직히 하늘에 맹세코 부끄럽지 않은 당당한 나의 땀과 노력으로 만들어진 소득이었다.

　풀빵장사를 하며 자리 권리금 때문에 주먹질도 사양치 않았고, 노점상 단속으로 때로는 구청 직원, 때로는 경찰에 쫓기며 숨바꼭질하던 가슴 아팠던 일이 얼마나 많았던가.

　리어카로 떠돌이 행상을 하다가 웃지 못할 에피소드라 할까, 촌극이라고 할까, 웃지 못할 작은 사건이 벌어졌다.

　그 날도 새벽길에 어김없이 리어카를 끌고 장삿길에 나섰다. 용산시장으로 싱싱한 과일을 사러 가는 길이었다. 아직 새벽의 어두움이 채 가시지 않은 어두운 언덕길을 내려오면서 느닷없이 무엇인가가 내 앞에 걸리더니, 그것과 부딪치면서 '탁'하는 둔탁한 소리와 함께 넘어지게 되었다. 아뿔싸, 두부를 실은 자전거를 미처 보지 못하고 부딪쳐 쓰러진 것이었다. 그만큼 내 시력이 약했던 것이다.

당황한 나는 어디 다친 데가 없는지를 확인할 여유도 없이, 넘어진 자전거에서 두부를 옮겨 담느라 정신이 없었다. 결국 내가 넘어뜨린 두부의 값을 치르는 대신, 과일장사가 아닌 두부장사로 변신해야 하는 어처구니 없는 일을 겪기도 했다.

시력이 약했던 나의 아픈 추억으로 봉변을 당했던 씁쓸한 일이었다.

이 무렵 막내 아들 지홍(1972)이를 낳았다. 지홍이를 낳으면서 과일장사로 변신은 했으나, 이때까지도 리어카 신세를 면하지 못하고 과일 점포도 없이 떠돌이 행상은 계속되었다.

이제는 식구도 하나가 더 늘었다. 다섯 식구의 가장으로서 더욱 책임이 무거웠고 돈을 더 벌어야만 했다. '하늘은 스스로 돕는 자를 돕는 법'이라고 했던가. 열심

공덕동 과일가게. 거리와 골목을 누비면서 마련한 최초의 내 가게이다.

히 노력한 덕택으로 그렇게 소원하던 과일가게를 마련할 수가 있었다. 과일 가게라고 해봐야 한 평 남짓한 조그마한 가게지만 장사에는 목이 중요한 법, 위치도 공덕동 버스 정류장 옆 골목이라 비교적 많은 사람들이 몰리는 명당 자리였다.

내 손으로 만들어 놓은 과일가게, 얼마나 가슴 뿌듯한가. 단돈 5만여 원만 가지고 대책 없이 서울로 들어선 지 얼마 안 되는 기간에 그래도 이만한 자리를 마련할 수가 있었던 것이다.

이제는 단속이라는 법보다도 더 무서운 위협 속에서 쫓기고 쫓던 리어카 행상을 졸업하는 날이기도 했다.

그러나 과일가게를 시작한 지 얼마 안 되어 점포 근처에 3개의 점포가 포진하더니, 우리 과일가게를 향한 경계의 눈초리가 매서워지기 시작했다. 시장 동향은 뻔한 데다가 손님을 뺏길 우려가 있었기 때문에 경계를 하는 것은 당연지사였고 신경전이 암암리에 일어나는 것은 장사 통례상 있을 수 있는 일이다.

나의 긴장된 생활은 계속될 수밖에 없었다. '이제는 됐다' 할 때가 완성기가 아니고 새로 시작되는 창조의 시작이다.

'일찍 일어나는 새가 모이 하나라도 더 주워 먹는다.'

누가 한 명언인지 몰라도 이때부터 남들이 깊은 잠에 빠져 있는 새벽 4시부터 기상하는 습관이 오늘날까지도 이 습관만은 계속되고 있다. 물론 사람에게는 기본 수면 시간이 8시간으로 되어 있다. 새벽 4시에 기상, 밤 12시가 넘도록 과일가게 점포운영으로 이리 뛰고 저리 뛰다 보니 항시 수면이 부족해 시간만 있으면 졸고 있는 습성은 어쩔 수 없다.

그러나 나는 생업을 위해 3대 행동 지침은 지금까지 철저히 지켜 오고 있다. 그것이 내 삶에 있어 결코 지울 수 없는 철저

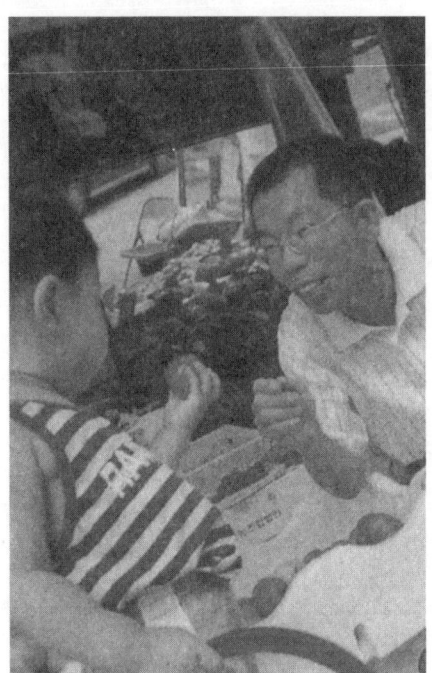

코 흘리개 어린 꼬마도 손님은 손님! 친절본
위 라는 나의 장사 철학이 인정받아 공덕동 과
일가게는 성시를 이루었다.

한 행동 수칙이 되었다.

정직과 성실, 그리고 열과 성을 다하는 노력이 내 인생의 신조가 되었다.

이때의 고달픈 고충을 글로써 다하지 못하는 나의 무능한 필력이 안타까울 뿐이다.

너무도 피곤해 코피를 쏟은 적도, 섣달 그믐날 하차장에서 하차 인부의 실수로 귤 궤짝이 머리에 떨어져 찍소리 못하고 황천 갈 뻔한 위험한 일도 있었다.

아는 사람이 돈이 좀 급하다고 하여 사업 때문에 너무 힘들어 하는 애타는 요청을 냉정히 뿌리치지 못해 당시 돈으로 3백여 만원을, 그것도 모자라서 여기저기에서 차용해 보태준 돈을 고스란히 떼인, 이를테면 사기를 당한 일이 있었다. 잃어 버린 돈보다도 사람을 믿지 못하는 오늘의 사회 풍조가 더욱 가슴 아픈 현실로 나를 짓눌렀다.

그러나 성실의 대가는 과일장사를 하면서 사기로 뒤집어쓴 빚을 다 갚고서도, 돈이 모아져서 집도 장만할 수가 있었다.

빈 손으로 상경하여 이사를 십여 차례 쫓겨다니면서도 서울에서의 내 집 마련은 첫 번째이고 과거 고향에서의 집 마련을 합치면 내 생애 두 번째 집 장만이었다.

이곳에서 25년 동안 과일장사를 하다 보니 과일 만능박사가 되었다. 누구든지 직업에 대한 기본적인 의식을 지니고 산다. 나 역시 과일만 20여 년이 넘도록 다루다 보니, 과일의 맛과 성품, 그리고 질적인 면은 저울 같은 내 눈에 정확하고 확실한 과일 관상쟁이가 되기도 했다. 물론 이 모두의 결실은 새벽부터 청량리시장, 용산시장, 가락동시장 등 새벽시장을 누빈 결과에서 얻어진 소득이었다.

그러다 보니 내가 사는 공덕동에 재개발이 시작되면서 가게를 그만두게 되었고 생활비도, 용돈도 궁해졌다.

궁여지책으로 을지로 4가 옛 국도극장 자리 옆에서 일식집을 개업해 보았다. 그러나 '안 되는 놈은 뒤로 넘어져도 코가 터지는 격'으로 일식집을 시작하자마자 여름 건강을 해치는 비브리오균의 출현이 시작되었다는 보건복지부의 경고가 신문과 방송 매체를 통해 보도되었고 엎친 데 덮친 격으로 장마철이 계속되는 우기가 겹쳐, 손님들이 발길이 뚝 그쳤다. 투자에 비해 합당한 소득을 보지 못하고 결국 쓰라린 실패를 맛보았다.

'송충이는 솔잎을 먹어야 한다'는 속담이 새삼 귓전에 맴돌았다.

우연한 기회에 KBS 방송 엑스트라 출연

　과일가게도 그렇고, 손 대본 것들이 실패로 끝나게 되어 버리자 무엇인가 고정수입이 됨직한 직장이 없을까 찾아보게 되었다.

　나는 이때부터 내 적성에 맞는 직장을 알아보기 시작하였다. 하지만 입에 맞는 떡이 있을 턱이 있는가? 어느 날인가 친구가 KBS 방송국에서 엑스트라를 모집한다고 하니, 한 번 가보고 알아보라는 권유를 받고 여의도 KBS 방송국을 찾게 되었다.

　정식 직원 모집이 아니고 주연 배우 캐스팅도 아닌데 생각보다 나같이 어려운 사람이 많은 듯, 사람들이 몰려와 엑스트라도 좋으니 제발 써 달라고 하던 터였다. 나는 여기에서 용케도 기용이 되었다.

　이것은 하나의 행운이었다. 내가 엑스트라로 출연하게 된 프로는 당시 인기 상한가를 달리고 있던 '용의 눈물'이었다. 조선시대의 개국에서 태종 시대까지를 심도 있고 실감나게 제작한 작품이었다.

　'용의 눈물'의 김재형 감독은 과연 명 PD답게 대범하면서

인기리에 방영된 사극 '용의 눈물'에 엑스트라로 출연했을 때 찍은 기념사진.

도 세밀한 추진력을 갖추고 있어 극 연출에 관한 한 최고의 경지에 올라선 훌륭하신 분이다. 출연진과 제작진을 진두 지휘하며 예리한 관찰력과 판단력은 촬영 진행에 있어 타의 추종을 불허하는 확고한 판단 속에서 철저하게 작품을 진행하여 한 장면, 한 장면을 이어 나가는 그의 연출 솜씨는 그야말로 고도의 테크닉이 가미된 예술이었다.

특히나 그의 강도 깊고, 촬영장이 떠나갈 듯 쩌렁쩌렁한 목소리는 힘차게 기가 솟고, 대형 감독다운 면면을 유감 없이 보여주었다.

내가 맡은 역은 스님 역이었다. 눈이 쌓인 산중의 깊은 절에서 진행하는 촬영은 내게 의욕을 일으켜 주는 재미있는 생활이기도 했다. 불교에 대한 교리는 물론 산사에서 수도하는 스님들의 생활에 대하여 솔직히 아는 바가 없었으나 배역을 지도 받고 소화해 냄으로써 스님들의 검소한 생활과 불도를 위한 신앙적 생활을 엿볼 수 있는 계기가 되었다.

또한 촬영은 마쳤으나 방영은 안된 성철 영화에도 출연한 바

성철 영화에서 엑스트라로 출연한 스님 역의 한 장면. 맨 왼쪽이 나의 모습이다.

있었는데 나는 여기에서 스님들의 생활도 군대 못지 않은 규율과 검소한 생활을 눈으로 직접 보고 감동을 받았다.

특히나 스님들의 삭발은 속세와 절연하고 잡념을 없애는 의식으로서 잡초와 같은 머리를 잘라냄으로써 번민을 없애고 마음을 비울 수 있다는 진리도 엿보게 되었다.

전라도 내소사에서의 성철 스님 영화 촬영은 스님 역할을 소화하기 위해 장장 일주일동안 촬영팀과 함께 촬영장을 딩굴었다. 비록 내게 주어진 역은 엑스트라였고 화면에 그가 누구인지 기억할 수 없는 글자 그대로 작품을 위한 들러리, 장면을 꾸미는 소품에 불과했다. 하지만 성의를 다해 엑스트라로서 성실하게 임했다. 엑스트라 역은 재미가 있는 역이라고는 할 수 없지만 극중에서 없어서는 안 되는 감초역이기도 하다.

문경새재 그 높은 곳에서 눈이 내리는 추운 겨울밤, 밤늦도록 촬영할 때의 그 고충이란 말로써 표현할 수 없을 정도로 어려웠다. 촬영차 출동한 버스 속에서 히터도 들어오지 않는 냉

성철 영화의 한 장면. 머리를 삭발하는 의식에 출연한 모습이다.

방에서 새우잠을 즐거움으로 감수해야 했다.

내가 이토록 어려운 일을 어렵다고 생각지도 않고 감내할 수 있었던 것은 내 속에 항시 내재되어 있는 '성실성과 전력을 다하자는 노력성' 때문이었다. 방송영화 촬영이라고 하여 혹시나 영화배우로 캐스팅 될까? 하는 기대는 전혀 하지 않았다.

그것도 그럴 수밖에 없는 것이 남들처럼 잘 생긴 미남도 아니고, 스타 꿈에 열병을 앓는 연기인이 되려는 야심은 처음부터 품지를 않았다. 어쨌든 밤낮 없이 뛴 대가로 주어지는 일당 3만원의 위력은 이를 참아내게도 하였다.

나의 집 앞이 재개발되어 아파트가 들어서고 집 앞에 도로가 나면서 우연히 가게 자리가 생겨 과일가게를 다시 시작하게 되었다.

행운은 요행을 바라지 않고 열심히 뛰는 자에게 있다.

2

계룡산 지게꾼에서
여의도 방송국까지

- 공짜가 어디 있어? 나도 잘 몰러!
- 2000년도 CF 대히트, 전국에 인기 열풍
- 도움을 주신 고마운 분들

　　글자 그대로 하룻밤 잠을 자고 나니 인기 스타로 뜬 것이다. 스타가 되면 목에 힘이 들어가고 무명시절의 서러움을 한꺼번에 날려 보내기라도 할 듯이, 어제와 오늘의 태도가 다르고 '그래도 이름 값해야 하는 인물인데……' 겸손하지 않은 이미지는 그 인기 생명이 오래가지 못함을 나는 방송국을 출입하면서 수없이 보아왔다.

　　그러나 내 스타일은 헐렁한 런닝 셔츠에 투박한 안경, 소박한 내 인품 그대로 더하지도 덜하지도 않은 있는 모습 그대로 보이는 것이 그들에게는 더 없는 친근함과 인기의 비결이 되었나 보다.

　　나보고 '꼭 이웃집 친근한 아저씨 같다'는 평이 아직까지도 이어지고 있는 것을 나는 매우 행복스럽게 생각한다.

　　갑작스럽게 전국구가 되었다. 또 한 가지! 인기 스타의 팬들 대다수가 스타의 성격에 따라 학생층, 성인층, 주부층, 그리고 노년층으로 인기 부류에 따라 다른 것이 통례인데 공짜의 팬층은 어린 유아부터 70대 노인층까지 남녀노소 계층에 관계없이 모두들 좋아하는 팬이라는데 나의 몸가짐이 조심될 수밖에 없었다. (본문 중에서)

공짜가 어디 있어? 나도 잘 몰러!

나의 일생 일대의 출세기를 운으로 친다면 천우신조, 하늘이 돕고 조상이 베풀어주신 음덕이라고 말할 수 있겠으나 결정적으로 도와주신 이가 TTL 광고로 유명세를 날리는 박명천 감독이었다.

내게는 학력도 별로 없고 키마저 작은 데다 인물마저 미남은 아니었다.

그러나 내게 잠재되어 있는 특성은 무엇인가?

모자라는 듯한 순진성과 천연덕스런 개성을 특별하게 눈여겨 보아온 박명천 감독의 눈에 강렬한 눈도장으로 찍힌 것이다.

기회라는 여신이 나에게 미소를 보내주기 시작한 것은 농민을 위한 의료보험 공익광고였다. 김세윤 씨와 함께 한 CF 멘트는 "우리 농민들의 의료보험료 조금만 내도 되니 얼마나 고마운지 몰라요, 하하하……" 였는데 이때는 무명인이라 화면에 얼굴이 잘 나타나지도 않았다.

두 번째로 대응제약 CF 우루사 광고에 구성애씨와 함께 출연하였으나 역시 별다른 인지 효과를 보지 못했다.

"나도 잘 몰~러" "공짜가 좋아"
내 인생을 하루아침에 바꿔 놓은 016 CF 광고 장면.

016 광고 오디션에 혹시나 하는 기대 반, 두려움 반으로 가슴을 졸이며 참석했다. 물론 기라성같이 훌륭한 인재들과의 치열한 경쟁이었다. 여기에서 내가 운 좋게 캐스팅이 된 것이다.

내 얼굴이 우습게 생겨 인상적이었는지, 많은 엑스트라들 중에서 제일 앞에서 웃는 모습을 보였던 것이 나에게는 대단한 행운이었다. 어쨌든 이 행운은 요행을 바라는 눈가림이 아닌 열심히 뛰고 노력하고 성실하게 생활해 온 대가라 생각한다.

마치 장원급제라도 따낸 기분이었고 하늘 높이 뛰고 싶도록 가슴 벅찬 기쁨이었다.

이날 촬영도 끝내고 녹음도 끝냈다.

나는 세상을 향해 외쳤다.

"공짜가 좋아! 나도 잘 몰러!
세상에 공짜가 어디 있어 세상 다 가져라!"

2000년도 CF 대히트, 전국에 인기 열풍

방송의 위력은 정말로 대단했다. CF가 본격적으로 시작된 것이다.

한국통신 016 광고에서 "아버지 난 누구예요?" (박용진 역)라고 묻는 덜떨어진 아들의 우문에 짧게 깎은 스포츠형 머리에 얼굴 모양도 모자라는 듯한 나의 모습이 효과를 봤는가?

"나도 잘 몰~러"라고 우답을 던지며 머리 위로 손을 빙빙 돌리는(소위 미친 사람을 말할 때 그리는 동그라미와 방향이 다르지만 역시 비정상적인 것을 뜻함.) 우문스러운 나의 CF

역시 인기리에 방영된 016 CF에서 아들 역 박용진과 함께 열연한 장면. "나도 잘 몰~러"

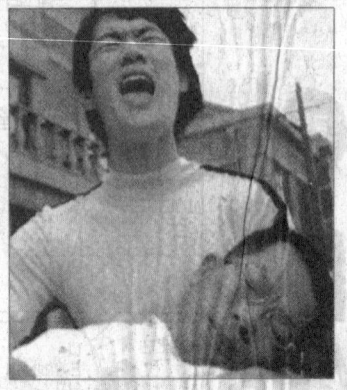

네티즌들이 '올 최고의 광고'로 선정한 016 Na 광고 중 한 장면.

문화 코드의 최첨단을 걷는 광고계에서도 올해의 화두는 '엽기'였다.

광고 전문 인터넷사이트 NGTV(www.ngtv.net)가 올 한해의 네티즌 클릭수로 뽑은 올해의 광고 상위 순위에 엽기성을 가미한 광고들이 대거 포진했다.

네티즌으로부터 가장 많은 클릭을 받은 올 최고의 광고는 '세상을 다 가져라' '공짜가 좋아'로 대표되는 016 Na 광고 시리즈.

1편에서 아버지와 아들 역을 맡은 김상경, 박용진씨의 예사롭지 않은 마스크와 선문답, 하반기 최고 인기 그룹으로 등장한 god가 가세한 2편, 빈민가와 촌티패션에 관광버스 춤이 등장하는 3편의 참신성 등 '예쁘고 멋있는' 기존의 광고개념을 확실히 깼고 이후 촌티·복고 분위기를 연출하는 광고가 쏟아지는 촉매 역할을 했다.

막판까지 1위 경합을 벌이다 20만 클릭 차이로 2위(330만 클릭)에 선정된 광고는 차태현·김민희 커플을 세상에 확실히 알린 한통 엠닷컴 018 '사랑은 움직이는 거야' 시리즈.

NGTV는 "젊은층을 대상으로 사람이라는 공감대

광고시장도 '엽기'가 석권

빈민가 촌티패션 016광고
네티즌선정 최고 CF에
'엽기소녀' 공효진도 스타덤

를 형성하며 다음회에 대한 궁금증을 유발하는 탄탄한 스토리 구성력과 출연 모델의 성숙한 연기력으로 CF라기보다는 한 편의 드라마를 보는 듯한 느낌을 주었다"고 평가했다.

3위는 인간사에서 벌어지는 감동적 장면을 시리즈로 보여준 LG텔레콤 ez-I 시리즈가 꼽혔다. 출산편, 수화편, 영자편 등으로 감동을 전했고 특히 수화편은 2000광고대상 수상작으로 실제 청각 장애인이 모델로 등장, 리얼리티를 더했다.

4위는 고소영-정우성 커플의 지오다노. 5위는 '엽기소녀' 공효진이 등장한 700-5425가 차지. 전체적으로 이동통신 광고가 강세를 보였던 한 해였다.

한편 엽기 CF부분에서도 016 Na가 1위를 차지해 겹경사를 맞았다.

2위는 도서관에서 침 흘리며 자던 치아교정기 낀 여고생이 휴대폰을 받는 1편에 이어 화장실에서 볼일을 보다 가져간 휴지로 눈물을 닦고 휴지가 없어 양말로 일(?)을 치른 내용을 선보인 700-5425가 차지. 2편은 방송불가 판정을 받았지만 출연 모델 공효진 역시 '엽기소녀'라는 애칭을 얻으며 스타덤에 올랐다.

한편 최고의 CF모델로는 김민희·차태현 커플이 뽑혔다.

NGTV는 "2000년은 전자정보와 통신부문 CF들이 강세를 보인 가운데 엽기, 복고코믹, 감동 등의 장르로 나뉠 만큼 다양한 테마의 CF가 선보였다"고 올 한해 광고계를 결산했다.

/장치혁 기자 jangta@

언론지에서 016 CF가 네티즌 선정 최고의 CF에 올랐다고 격찬한 기사이다.

대답으로 벼락스타가 되었다.

글자 그대로 하룻밤 잠을 자고 나니 인기 스타로 뜬 것이다. 스타가 되면 목에 힘이 들어가고 무명시절의 서러움을 한꺼번에 날려 보내기라도 할 듯이, 어제와 오늘의 태도가 다르고 '그래도 이름 값해야 하는 인물인데……' 겸손하지 않은 이미지는 그 인기 생명이 오래가지 못함을 나는 방송국을 출입하면서 수

없이 보아왔다.

그러나 내 스타일은 헐렁한 러닝 셔츠에 투박한 안경, 소박한 내 인품 그대로 더하지도 덜하지도 않은 있는 모습 그대로 보이는 것이 그들에게는 더 없는 친근함과 인기의 비결이 되었나 보다.

나보고 '꼭 이웃집 친근한 아저씨 같다'는 평이 아직까지도 이어지고 있는 것을 나는 매우 행복스럽게 생각한다.

갑작스럽게 전국구가 되었다. 또 한 가지! 인기 스타의 팬들 대다수가 스타의 성격에 따라 학생층, 성인층, 주부층, 그리고 노년층으로 인기 부류에 따라 다른 것이 통례인데 공짜의 팬층은 어린 유아부터 70대 노인층까지 남녀노소 계층에 관계없이 모두들 좋아하는 팬이라는데 나의 몸가짐이 조심될 수밖에 없었다.

016 대박이 터지자 1탄 장위동 편의 아들역 박용진 군이 진짜 내 아들이냐고 문의하는 사람이 많았다.

이어 가수 GOD와 함께 한 2탄 서대문 CF에 이어서, 3탄 우주에서 떨어지는 모습과 함께…… 가상적이고 과장된 공상화가 가미된 화면의 016 핵심 광고 멘트가 대히트! 2000년도 CF에서 016이 1위를 차지하는 히트작으로 대두되었고 전국의 반응은 열풍과도 같아 하루 아침에 나는 스타로 각광을 받았다.

인기 열풍은 비좁은 과일 가게부터 시작되었다. "공짜가 좋다"며 "공짜아저씨 한 번 보자"며 과일가게에 손님들이 줄을 이었고 일간 신문사, 잡지사, 각 방송국 등에서 인터뷰 요청이 줄을 이어 즐거운 비명이 절로 쏟아졌다.

그 이후 나를 보고 동네 꼬마들은 지나가다가 "아버지 내가 누구예요?"하고 묻는다.

그러면 내 대답은 광고에서 하는 것 그대로 머리를 비비며 "나도 잘 몰~러"하고 대답을 해준다.

그러면 그 다음 아이들의 대답이 걸작이다.

"난 알아요 난 공짜가 좋아" 한다. 여기에 내 대답이 또 덧붙여진다.

"세상에 공짜가 어디 있어."

인기 열풍의 주역이 되고 보니 제일 많이 들었던 말은 '한 턱 내라'는 말과 자기 좀 출연시켜 달라는 것이었다.

또 하나 하루아침에 뜨고 보니 남들은 하나같이 돈더미 위에 올라 앉은 것으로 생각하고 있지만 사실은 생각만큼 돈은 그렇게 많이 벌지 못했다.

도움을 주신 고마운 분들

오늘의 인기인 김상경, 공짜아저씨로 각광을 받고 있고, 또 공짜의 대명사로 입지를 굳힌 것은 결코 내가 잘 나서가 아니고, 인품이 훌륭해서 유명한 인기인이 된 것이 아님을 잘 알고 있다.

보잘것 없고, 이름도 없는 무명인인 나를 찍어 발탁해 주신 박명천 감독의 도움이 없이 어찌 오늘의 나! 김상경이 존재할 수가 있었겠는가. 진정 모자라고 미진한 나를 성심껏 지도해 주고 사랑으로 이끌어 주신 박명천 감독에게 진심어린 감사의 마음을 드리고 싶다.

또한 공짜의 출현을 열광적으로 환영해 주시고 성원을 아끼지 않고 적극적으로 후원해 주신 모든 분들, 더 나아가서 김상경의 팬들과 전 국민에게 감사의 인사를 드린다. 뿐만 아니라 주변의 PD, 아나운서, 그리고 신문사 기자와 잡지사 기자들의 도움에 진심으로 감사하면서 고마운 인사를 드린다.

KBS 왕종근 아나운서는 너무나도 훌륭한 인간미를 갖춘 분으로서 그에게서는 훈훈한 인간의 정이 넘쳐나고 아름다운 향기가 짙게 배어나온다.

역시 KBS 생방송프로의 이윤미 작가에게는 세심한 지도와 배려로 아직 방송 출연의 기회가 많지 않아 미숙한 나의 연기를 방송선배답게 편안하게 지도해 준 그 고마움을 잊지 못할 것이다. KBS 안상민 PD는 유머도 많고 훌륭하신 분이다. SBS 김진성 PD, 원만식 PD 연출의 MBC 코미디닷컴에 출연하였을 때 나의 부족한 부분에 세심한 격려와 친절한 지도를 아끼지 않은 개그맨 최양락 씨, 최고의 노하우로 인기세를 유지하고 있는 이경실 씨와 임하룡 씨 등. 이 모든 분들이 자상한 인간미로써 미숙한 나의 연기 부분을 친절하게 지도해 주었고, 격려해 준 고마움을 진정 나는 잊지 못할 것이다.

송기윤 차장은 첫 캐스팅에 적극적으로 도와주신 고마운 분이며, EBS교육방송 최삼호 프로듀서, 가수 신승훈 씨를 비롯 꼭두새벽부터 밤늦게까지 촬영을 위해 시골 농촌까지 함께 해주신 고마운 분들의 도움과 지도, 그리고 격려로써 하나의 그림자가 되어 어려운 고충을 무릅쓰고 도와주신 분들에게 그저 고마울 뿐이다.

그 외에도 강기웅 PD, 유용석 PD, 이경화 작가, 박회상 중앙방송 PD 외 일간신문 기자 등 고마운 분들이 너무도 많아 이 분들에게 그 고마운 인사를 어떻게 드려야 할지 모르겠다. 빚진 자의 마음으로 보은의 기회가 있기를 바란다.

하긴 부족한 나를 키워 주신 분들이 어찌 이 분들 뿐이겠는가? 이토록 많은 분들의 도움이 없었던들 일개 이름 없는 계룡산 지게꾼, 엑스트라 출신 김상경이 어찌 방송 매체의 유명세를 누릴 수가 있었겠는가? 나에게 은혜를 베풀어주신 모든 분들께 진실로 고마운 인사를 드린다.

3

공짜보다 더 좋은 건
베풀고 사는 것

　　내게 '공짜'라는 대명사가 주어지면서 MBC 코미디 닷컴에 출연을 시작으로 SBS 행복 찾기 돈 쓰는 법, 그리고 KBS 왕종근 아나운서의 생방송 '공짜아저씨 세상보기'에 이어 주병진의 '인터넷 방송'에 출연하였고, 일요일에는 016 행사까지 겹쳐 분주하고 바쁜 생활로 1년이라는 시간을 글자 그대로 눈코 뜰 새 없이 바쁘게 보냈다. 어떻게 시간이 가는지 하루도 쉴 틈이 없는 출연 스케줄로 정신 없이 뛰었다.

　　이런 것을 보고 세월이 유수와 같아 화살처럼 빠르게 지나간다고 했던가? 물론 물고기가 물을 만나듯 인기여세를 탔다고 하지만 나는 항시 내 인생의 신조로 삼고 있는 성실과 열정 그리고 겸손한 자세로 내게 주어진 사소한 일일지라도 노력하는 자세와 '벼는 익을수록 고개를 숙인다'는 사고 이념을 지니고 나보다도 어려운 이웃에 대하여 눈을 돌리자는 생각을 항시 지녔다. (본문 중에서)

남에게 베풀면 없던 복도 생긴다

　내게 '공짜'라는 대명사가 주어지면서 MBC 코미디 닷컴에 출연을 시작으로 SBS 행복 찾기 돈 쓰는 법, 그리고 KBS 왕종근 아나운서의 생방송 '공짜아저씨 세상보기'에 이어 주병진의 '인터넷 방송'에 출연하였고, 일요일에는 016 행사까지 겹쳐 분주하고 바쁜 생활로 1년이라는 시간을 글자 그대로 눈코뜰 새 없이 바쁘게 보냈다. 어떻게 시간이 가는지 하루도 쉴 틈이 없는 출연 스케줄로 정신 없이 뛰었다.

　이런 것을 보고 세월이 유수와 같아 화살처럼 빠르게 지나간다고 했던가? 물론 물고기가 물을 만나듯 인기여세를 탔다고 하지만 나는 항시 내 인생의 신조로 삼고 있는 성실과 열정 그리고 겸손한 자세로 내게 주어진 사소한 일일지라도 노력하는 자세와 '벼는 익을수록 고개를 숙인다'는 사고 이념을 지니고 나보다도 어려운 이웃에 대하여 눈을 돌리자는 생각을 항시 지녔다.

　SBS '행복 찾기 돈 쓰는 법'에서는 글자 그대로 '행복을 찾아 돈을 어떻게 써야 하는가'에 대한 앵글에 초점을 맞추어 매

주 1백만 원이라는 거금을 전국에 산재해 있는 어려운 이웃을 찾아 전달하는 메신저 역할이었다.

돈을 전해 주는 프로에 참여하면서 세상에는 어두운 그늘 속에서도 꿈과 희망을 버리지 않고 꿋꿋하게 살아가는 사람들이 수없이 많다는 사실을 새삼 깨달았다. 어려운 현실이지만 그래도 삶에 대해 성실한 노력을 경주하는 현장을 확인하고 어려움 속에서도 진실되고 올바른 삶에의 의지를 불태우는 그들에게서 진정으로 아름다운 감동을 받았다.

빡빡한 촬영일정과 주변여건이 여의치 않아 밤 12시에도 아니 새벽 5시에도 촬영을 강행해야만 하는 스탭들, 그들의 열정에 새삼 고개가 숙여진다.

그리고 김진성 PD와 유용석 PD의 집념 어린 열정을 직접 확인하면서 표면에 나타나지 않는 일에 저토록 성실하게 임하는 모습이 내 가슴에 감동으로 다가와 심금을 울리기도 하였다. 언젠가 갑작스런 일정으로 부산까지 비행기로 날아가 어려운 환경 속에서도 꿋꿋하게 후배 지도에 혼신을 바쳐 임하는 무명의 레슬링 선수를 격려하고 인터뷰하던 일이 생각난다.

또한 신림동 그 안쪽 난곡에서 밥도 못 얻어 먹어 얼굴이 퉁퉁 부운 채로 사경을 헤매던 세 살, 다섯 살 난 어린 아이들, 그나마 교회에서 거두어 보살펴 주던 그 부황든 아이들이 자꾸만 눈앞을 스쳐 지나간다. 돈이 없어 병원에 가볼 엄두도 못 내던 그 아이들을 찾아 병원에 데리고 가 치료도 해주고 또 삶에 용기를 심어 준 것이 조금이나마 내 가슴을 진정시켜 준다.

그리고 자식들의 외면 속에서 중풍으로 수년간 고생해 오던 70대 노부부를 보았을 때 산업사회의 비정한 일면을 본 것 같

역시 그 할아버지에 그 손주!

외손자 서상규가 2001년 KBS 추석특집 프로에 함께 출연하여 공짜아저씨의
흉내를 내어 폭소를 자아내었다.

아 가슴 아팠던 기억이 새롭다.

　정작 주변의 보살핌이 절실한 극빈자들이 사회의 외면 속에
서 더욱 가슴 시린 삶을 이어가는 것이 내게는 너무도 서글프
게 느껴졌다. 어쨌거나 나의 보잘것 없는 위로와 격려가 그들
에게는 새로운 의욕과 삶에 위안이 되었다고 생각하니 나름대
로 자부심이 들기도 한다.

　지금도 수많은 이웃들이 돈이 없어 먹지도 못하고 몸이 아파
도 병원에 가지 못하는 고통 속에 신음하고 있지만 그들의 바
로 옆에서는 호화찬란한 네온의 불빛 속에서 남을 의식하지 않
고 질펀하게 환락을 즐기는 무리들이 광란의 밤을 보내고 있다.

　'부익부 빈익빈(富益富 貧益貧)'이라는 자본주의 최대의 병
폐가 새삼 실감되는 현실이라 그저 안타까울 뿐이다.

　한번은 경기도 어느 벽촌의 소년 가장을 찾은 일이 있었다.

소년의 아버지는 객사하였고 어머니는 가출하여 할머니 슬하에서 어린 동생과 함께 자라야 했다. 그러나 할머니마저 세상을 떠나게 되었고 이들은 완전한 고아가 되어 동네 사람들의 보살핌으로 간신히 삶을 부지하고 있었다.

무언가 근본적인 도움을 줄 수 있는 것을 생각하던 차에 양평에 있는 토끼장에서 1백만 원 어치의 토끼를 구입하여 전달하기로 하였다. 마침 우리의 취지를 알아챈 토끼장 주인께서 1백만 원 어치의 토끼를 선뜻 지원해 줘 도합 2백만 원 어치의 토끼를 전달하게 되었다.

현금으로 도움을 주는 것이 아니라 토끼를 키우면서 자연스럽게 터득하게 될 노동의 대가와 거기에서 얻어지는 경제적 수익성을 일깨우게 하는 일석삼조의 효과를 보게 된 것이다.

더욱이 동네 주민들이 자진하여 토끼장을 지어주고 땅까지도 무상으로 대여해 주는 등 흐뭇한 온정이 잇달았다. 이제 이 아

생방송 '오늘'에 리포터로 출연한 모습.

이들은 따뜻한 사회에 동화되어 할머니와 부모님을 잃은 아픔을 치유하고 자립심을 키울 뿐만 아니라 삶에 희망을 안고 꿋꿋이 살아갈 것이다.

추운 겨울에도 찬물로 쌀을 씻고 찬물로 세수를 하며, 새벽부터 중노동이라 할 수 있는 주유소 아르바이트로 고작 6만원의 월급을 받고 생활해야만 했던 이들, 참으로 어려운 생활현장을 돌아보는 나의 눈에 가난한 자의 설움과 통한의 눈물이 그대로 전해져 주루룩 흘러 내렸다.

새삼 '덕을 베풀면 복을 받는다'는 종덕수복(種德收福)이 떠오른다. 아울러 가슴을 뭉클하게 해주던 성구 한 소절이 생각나 적어 본다.

"뽕잎을 누에가 먹으면 비단이 나오고
독사가 먹으면 독이 된다.
또한 독사가 물을 먹으면 독이 되고
소가 먹으면 우유가 된다."

종로구 효자동·경로잔치

　산타 회장으로 잘 알려진 이영우 회장으로부터 효자동 노인 회관에서 열리는 경로잔치 행사에 참석해 달라는 부탁을 받고 경로잔치 행사장인 효자동 노인회관에 예정시간보다 빠르게 도착하였다.

　이곳에서도 많은 노인들이 공짜아저씨를 알아보고 환영일색이다.

　효자동은 글자 그대로 '효자 마을'이라는데 동 이름에 부끄럽게도 효자들이 많기보다 외롭고 쓸쓸하게 사는 노인들이 더 많아 보였다. 다행히 이날 참석한 노인네들이 고령인데 비하여 건강하신 모습은 보기에 좋았다.

　그런데 고령의 노인 한 분이 꼬깃꼬깃 접은 1만 원짜리 지폐 한 장을 "나보다도 더 어려운 사람에게 전해 달라"는 것이었다. 이 할머니는 6·25 전쟁 때 외아들이 전사하고 혼자 쓸쓸한 여생을 지내는 생활보호대상자로 동사무소에서 나오는 극빈자 생활보호비로 어렵게 살고 있는 노인이었다. 자신도 어려운 생활인데 자기보다도 더 어려운 사람을 위해 써 달라며 성금 1

만원을 내놓은 것이다.

돈 1만원! 돈의 위력이 아무리 크다고 한들 그 돈의 위력이 얼마나 되겠는가?

그러나 이 할머니의 성금 1만원은 돈 있다고 호기를 부리며 거품을 품고 있는 자들의 1백만원보다 더 큰 돈이 아니겠는가?

이날 이 사실에 감동한 산타 회장과 주최측 임원들이 즉석에서 주머니를 털어 28만원을 모아 한사코 안 받겠다는 그 할머니의 지갑에 가까스로 넣어 드렸다.

이런 어머님의 사랑이 있기에 효가 있고, 나라를 위해 목숨까지 바치는 장한 아들이 있는 것이 아닌가.

할머니의 정성에 솔직히 눈물이 핑 돌았다. '자식이 죽으면 어미는 가슴에 묻고 산다'는데 나는 어머님을 일찍 여윈 옛 상념에 젖어 또 다시 먼저 가신 어머님 생각에 침통하기만 했다.

나는 일찍 부모를 여윈 평생의 한스러움과 부모에게 효도를 베풀지 못했던 불효막심한 죄의식으로 불우한 노인들을 찾아 위로하고 함께 웃기도 하며 울기도 했다. 위 사진은 불우 노인수용시설을 찾아 위로하고 있는 모습이다.

남을 돕는 것은 함께 나누는 정이라야

　나는 워낙 어렵게 살면서 고생을 해 왔기 때문에 어려운 사람들의 심정을 잘 안다고 생각해 왔다.

　또한 불우한 이들에 비하여 건강하고 아무런 탈 없이 지낼 수 있는 것을 다행으로만 알고 지내 왔으며 '나도 나중에 형편이 좋아지면 불쌍한 사람을 도와주며 살겠다'는 생각을 항시 마음 속에 다짐하며 지냈다.

　문제는 '형편이 좋아지면'이라는 조건은 '어느 정도가 좋아진 것이냐' 하는 그 기준이 있는 것도 아닌데 어디까지 가서 형편이 좋아지기를 바라겠느냐? 하는 의구심이 스스로 들었다.

　진정 남을 돕는 것은 있어서 돕는 것이 아니고 없는 형편에서 십시일반 돕는 것이라야 된다는 생각에 조금씩이라도 나누며 살아야겠다는 생각이 들어 남을 돕는 것을 뒤로 미루지 말고 '지금부터이다'라는 생각이 내 머리 속에 자리잡았다.

　그러나 내가 남을 도운 것은 내 욕심만큼은 넉넉하게 도와주었다는 생각은 못하고, 항시 부족감으로 아쉬움만을 가지고 있었으나 신문, 잡지, 기사 그리고 방송사에서는 이를 그냥 넘기지 않고, 인터뷰 시에 이를 극찬하는 송구함이 자주 연출되기도 했다.

일이 이렇게 진전되고 보니 세간에는 입 소문이 나면서 입장이 곤란해지기도 했다. 그렇지 않아도 방송에 출연이 많아지면서 많은 사람들에게 내가 마치 떼돈을 버는 것으로 잘못 인식되어 버린 것이다. 이로 인해 난감한 일도 많았다. 무슨 협회 임원이라며 하루에도 몇 번씩 전화를 통해 '그 동안 돈을 많이 벌었으니 어렵고 불쌍한 사람들을 도와달라'며 고가의 물건을 강매하려고 드는 사람들은 그런 대로 넘길 만했다.

나는 어릴 적에 조실부모하고 안 해본 일이 없을 정도로 치열하게 삶을 영위해 왔다. 극단적인 고통 속에서 살아남기 위해 어금니를 깨물며 노력해 온 사람으로서 뼈저린 서러움은 누구 못지 않게 잘 알고 있다. 그러나 분명한 것은 내가 도울 수

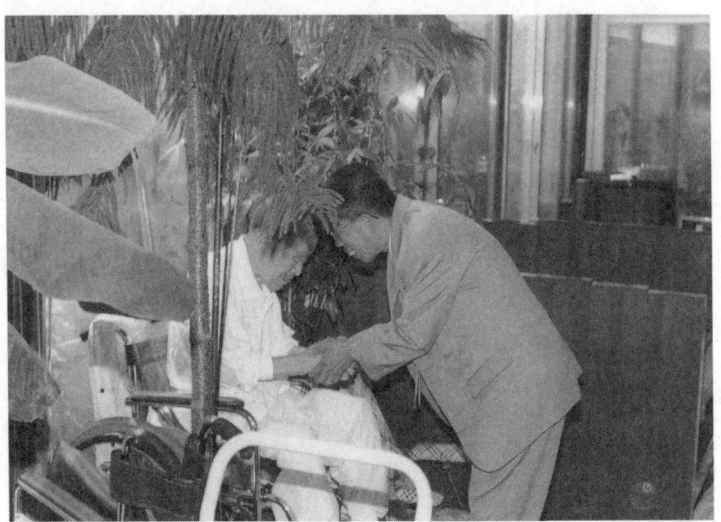

'할머니 힘내세요!' 중증 치매환자로 일산 샘터마을에 수용되고 있는 할머니의 손을 잡고 위로하는 나의 모습이 얼마나 도움이 될까만은 그래도 나는 이들을 위로하는 일에 조금도 게을리 하지 않을 것이다.

있었던 대다수의 사람들이 스스로의 생계를 책임질 수 없는 불우한 사람들이었던 것이다.

예를 들면 일하고 싶어도 일할 수 없는 지체장애자, 부모 없는 어린 고아들, 또 의지할 곳 하나 없는 늙고 병든 노인들로 그 누군가의 도움이 꼭 필요한 사람들이다.

사지가 멀쩡하고 노동력이 분명히 있는데도 손을 내밀며 노력하지 않고 도와 달라고 하는 것은 있을 수 없는 일이다. 그런 사람들이 간혹 서울역이나 길거리에서 눈에 띄고 또 맞딱드리게 되는데 솔직히 도와주고 싶은 마음이 내키지 않는다.

내 친척이나 형제 중에도 아직껏 어렵게 사는 이들이 없지 않다는 것을 나는 잘 안다. 하기야 생활수준에 관한 기준을 어디에 두느냐에 따라 천차만별의 차이가 있겠지만 그들은 내가 불우이웃을 도와 주었다는 얘기를 듣고 내심 서운한 생각이 들기도 했을 것이다.

그들의 입장에서 볼 때 '생판 모르는 사람들에게는 돈을 갖다 주면서 왜 가까운 자기들한테는 도움을 주지 않느냐'하는 생각이 들겠지만 나는 결코 그렇게 생각하지 않는다.

내가 떼돈을 번 사람이라면 아니 돈이 남아 주체할 수 없다면 쉰 떡 퍼 주듯 달라는 대로 줄 수도 있을 것이다. 그러나 나는 돈이 많아서 남아도는 돈으로 불우이웃을 돕는 것이 아니다. 남의 도움이 절실하게 필요한 그들을 외면할 수도 없고 특히나 내 지난 시절의 아픈 추억이 되살아나 그들을 돕게 만드는 것이다. 이러한 나의 속사정을 모르는 그들이 서운해 하는 마음을 달래 줄 명분을 찾지 못해 답답하지만 시간이 지나면 이해해 주리라 기대해 본다.

'사랑밭회' 불우한 이들을 찾아

크리스마스를 며칠 앞둔 어느 날 한 통의 전화가 걸려 왔다. '사랑밭회'라고 하는 인천의 지체장애자 집에서 일을 봐주고 있는데 그곳의 아이들이 공짜아저씨를 꼭 만나보기를 원하니 언제 시간내서 한번 와 주었으면 고맙겠다는 것이다.

나의 얼굴이 보고 싶다는데 아이들에게 얼굴 한번 뵈주는 것

「사랑밭회」 권태일 목사와 함께

이 뭐 그리 어려운 일인가 하고 흔쾌히 방문하겠노라 대답을 했다. 그리고 방문하기로 약속한 날, 아이들에게 나눠줄 과일을 잔뜩 챙겨 그곳을 방문한 일이 있다.

그곳 사랑밭회는 지금으로부터 15년 전 당시의 젊은 청년 권태일 목사가 추운 겨울 어느 날 충무로 육교 위에서

불우이웃을 돕는 일에 변변한 공헌도 없는 내게 「사랑밭회」에서는 홍보이사라는 직책과 함께 공로패를 전해 주었다.

추위에 떨며 구걸하던 여인(이상화 아주머니)과 그 아들을 외면하지 않고 돌보면서 시작된 것이라 한다.

사랑밭회는 '콩 심은 밭에서 콩을 거두고 사랑을 심는 밭에서는 사랑을 거둔다'는 대의적 명제로 '심고', '거두고', '가꾼다'는 3대 원칙을 세우고 유아장애자 1백여 명과 노약 장애자 포함 2백여 명의 지체 부자유자와 노인들을 정성껏 돌보아주고 있는 자선단체이다.

내가 들어서자마자 어린 아이, 노인할 것 없이 모두들 '와~ 공짜아저씨' 하면서 달려드는데 진정 가슴이 찡하였다.

아이들과 함께 즐거운 시간을 보내고 발길을 돌리려는데 차마 발길이 떨어지지를 않는다.

저 어린 아이들 속에서 어릴 적 불우했던 내 자신의 모습이

떠올랐기 때문이다. 3살 때 어머니를 잃어버린 나는 어머니의 품이 그리워 수많은 날들을 눈물로 지새웠던 옛날의 내 모습을 보는 것 같아 가슴이 뭉클했다.

「사랑밭회」(이사장 권태일 목사)에서 받은 감사패.

내가 저 어린 것들에게 무엇을 줄 수 있단 말인가? 그저 정신적인 위안이나 흠뻑 받았으면 좋겠다고 생각하면서 주머니를 털어 성금으로 전달했다.

인생은 '공수래 공수거(空手來 空手去)'가 아니던가? 빈손으로 왔다가 빈손으로 돌아가는 것이 인생이라면 불우한 이들을 위해 도움이 될 수 있는 밑거름이 되자.

공짜아저씨가 그들에게 단순한 인기인으로 끝날 것이 아니라 불우한 이들에게 아름다운 이름으로 기억되는 영원한 공자아저씨가 되자고 재삼 다짐한다.

"청산은 나를 보고 말없이 살라 하고
창공은 나를 보고 티 없이 살라 하네.
사랑도 벗어 놓고 미움도 벗어 놓고
물같이 바람같이 살다가 가라 하네."

우리가 해야 할 일을
사랑밭이 하고 있었습니다

안녕하세요.
무더운 더위에 모두들 건강하시죠. 제가 사랑밭을 알게된 것은 작년 가을 쯤인것 같습니다. 전화를 통해 사랑밭을 소개 받고 방문하게 되었는데, 그곳에는 150여 명 몸이,불편한 식구들을 위하여 24시간 봉사활동을 하는 분들을 만날 수 있었습니다. 제가 하지 못한 일을 하고 있는 모습을 보면서 얼마나 감사했는지 모릅니다. 어려운 시대에 유아에서부터 거동이 불편한 독거노인과·무의탁 노인, 장애인을 모시고 정부의 보조금도 없이 후원금으로 이분들을 돕고 있었습니다. 이곳 봉사자들은 식구들을 내 이웃과 내 부모, 내 가정처럼 보살피는 천사 같은 마음에 전 감동하지 않을 수 없었습니다. 그리고 이분들을 위해 만분지 일이라도 보탬이 되고자 사랑밭에 계속 후원을 하게 되었습니다. 그러던 중 이번 8월달에 이들을 위해 동해바다 보여주기 행사가 있다는 소식을 듣고 얼마나 감사했는지 모릅니다. 그리고 이렇게 좋은 일에 더

즐거운집 방문 때 즐거운집 식구와 찰칵

많은 사람들이 참여하면 어떨까 생각하게 됩니다. 좋은 일은 서로 나누었을 때 그 기쁨은 두배가 되지 않을까 합니다.

매번 방문하실 때마다 변함없는 순수한 사랑으로 저희들을 도와 주셨는데 이번 바다보여주기 행사를 위해 후원금을 보내주셨습니다.

"공짜 아저씨 고맙습니다"

> 평생 누워서 생활하시는 할머니와 할아버지, 그리고 장애인들부터 어린아이들까지 저로 하여금 만나는 모든 사람마다 그들의 마음과 생각을 공감하여 그들에게 기쁨과 행복을 주어야겠다는 생각을 했습니다.

특
진

일반 잡지에 실린 사랑밭회 관계기사로 필자가 방문했던 당시의 사진도 보인다.

은평구 천사원 아이들과 함께

한 번은 종로에서 016 사인회를 하고 있는데 은평구 천사원의 아이들이 보고 싶어한다는 소식을 듣고 지체 없이 은평구 천사원을 방문하였다.

지체 장애자들이 나를 보자마자 우루루 달려와 반갑게 맞아주었다. 언어장애로 발음도 안 되는 아이들이지만 머리에 손을

천진난만한 어린 학생들이 공짜가 좋다며 사인을 요구하면 나는 지체 없이 즉석에서 사인을 해준다.

없고 빙빙 돌리면서 내 CF 흉내를 내는 것이 아닌가. 나도 모르게 절로 웃음이 나왔다. 그리고 공짜아저씨를 부르는 장애자들의 환한 얼굴을 보고 마음에 깊은 감명을 받았다.

내 이름이 불우한 저 아이들에게 아버지로, 형님으로 기억이 되고 있다는 것은 내가 유명해진 때문만이 아니고 그들의 기억 속에 친구 또는 친절한 이웃 아저씨와 같은 이미지로 심어져 있다는 사실이다.

이렇듯 아름다운 대상으로 그들이 가지고 있는 나에 대한 인식을 생각하니 눈물겹도록 고마울 뿐이다.

이 공짜아저씨가 저들의 이웃으로 자리잡고 있는 이미지가 얼마나 보람되고 고마운 것인가? 그들에게 실망을 주는 인기인은 되지 말아야겠다고 몇 번이고 다짐을 하였다.

사인공세에 본의 아닌 거절로 마음 아파

　충청도 계룡산 산기를 탄 몸이라 나는 유독 마음이 약한 편이다. 누가 부탁을 하면 거절을 못해서 '물러 터졌다'는 혹평을 간혹 받기도 한다.

　유명세를 탄 이후 나에게 달라진 것이 있다면 길을 가다가도 나를 알아보고 몰려들며 사인을 해달라는 아이들이 상당히 많

사람들이 모인 곳에는 공짜아저씨 인기가 요란(?)하다. 몰려든 팬들의 사인 공세에 나는 장소와 때를 가리지 않고 성실하게 응해 주도록 노력을 다한다.

다는 것이다. 그러면 나는 무슨 일이 있어도 그들의 요구대로 사인에 응해 준다.

그런데 본의 아니게 낭패스러운 일이 여러 번 중복되는 경우가 있어 가슴이 아플 때가 있다.

한 번은 방송녹화를 갔는데 그곳에서도 많은 사람들이 몰려들어 사인을 요구하는 것이었다.

그들은 무척 추운 날씨인데도 불구하고 사인을 받기 위해 촬영이 끝날 때까지 기다렸다가 촬영이 일차 끝나자마자 어른 아이 할 것 없이 우르르 몰려들었다.

내 딴에는 열심히 사인을 해준다고 했는데 많은 사람들이 순서를 기다리고 있는 상태에서 다음 촬영을 위해 팀이 이동해야만 하는 것이다. 시간의 제한 속에서 촬영팀은 '빨리 차에 오르라'고 재촉이 심하고, 사람들은 사인 한 장 받으려고 아우성이니 진정 난감하였다.

'조금만 더 조금만 더' 하고 있는데 고등학교 학생인 듯한 학생이 '에이 씨, 나 사인 안 받아' 하면서 화를 내고 돌아서 버리는 것이었다. 결국 촬영팀 성화에 못 이겨 그곳을 빠져 나오게 되었지만 그 학생의 한 마디 말이 내 가슴을 무척 아프게 했다.

정말 본의 아닌 일이지만 지금도 그 미안한 마음은 내 가슴 속에 고이 간직되어 있다.

산타클로스로 자선냄비 모금에 참가

한 해가 저물어 가는 거리에서는 한 해를 보내며 새해를 맞이하는 각종 풍경으로 물결을 이루고 있다. 성탄절 또는 크리스마스. 예수님께서 병들고 가난한 사람들을 구하러 탄생하심을 축하하는 날이다.

크리스마스에는 언제부터인가 착한 사람을 찾아서 산타클로스 할아버지가 썰매를 타고 나타나 선물을 나눠준다는 풍설이 하나의 전설이 되어 성탄절에는 산타클로스 할아버지가 거리 곳곳에 등장한다. 내가 어렸을 때는 농촌이기도 했지만 그림에서나 산타클로스 할아버지를 보았을 뿐 거리를 활보하는 산타클로스 할아버지 모습은 본 일이 없었다.

그런데 자선냄비를 설치해 놓고 종을 울리며 불우한 이웃들을 돕고자 거리모금을 하는 과정에서 구세군의 후원 아래 내가 직접 산타클로스 할아버지가 되어 거리에서 여러 사람들과 부딪혀 보았는데 우리가 사는 사회에 참 좋은 사람들도 많구나 하는 느낌을 받았다.

명동에서 구세군 복장을 하고 모금을 하였는데 어린 고사리

11(토)
7:57

김상경
오늘

KBS 생방송 「오늘」 프로에 출연하여 그동안의 파란역정을 술회하고 공인으로서 최선을 다할 것을 밝혔다.

손으로 성금함에 성금을 넣어주는 귀여운 아이가 있는가 하면 추운 겨울인데도 외투 한 벌 제대로 입지 못한 막노동 일꾼처럼 보이는 젊은이도 얼마의 성금을 주저하지 않고 넣는 모습이 너무도 아름답게 보였다.

또한 꼬부랑 할머니도 모금함에 정성스럽게 성금을 넣는 모습이 너무도 아름답게 보였다. 자선냄비에 작은 정성이나마 고이 담아 자신보다 더 불쌍한 사람들을 위해 정성을 쏟아 붓는 아름다운 손길을 보고 마음 속으로 무척 흐뭇하였으며 그들의 손길에 신의 축복이 함께 하기를 기원하였다.

대개 부유층보다도 삶이 어려운 서민층, 그리고 학생, 어린이들이 모금함에 한 푼 두 푼 넣는 광경은 한결같이 더 불우한 이들을 돕는 따뜻한 사랑의 손길이었다.

착한 서민들이 이토록 많다는 것은 이 나라의 장래가 어둡지만은 않다는 생각이 들고 정성을 다하는 그들에게서 새삼 고마운 마음을 느꼈다.

이날 천주교인들과 함께 미션맨을 하면서 구세군 자선냄비 모금에 적잖은 보탬이 되었다는 뿌듯한 긍지를 가질 수가 있었다.

샘터마을 방문

　서울 근교 일산에 있는 샘터마을을 방문한 적이 있다. 샘터
란 갈증에 처해 있는 이들에게 맑은 샘물을 제공한다는 의미에
서 붙여진 이름이리라 생각된다. 이곳에는 치매와 중풍으로 고
생하는 중증 환자들이 고질병으로 하여 가정과 사회로부터 소
외당한 채로 수용되어 말년을 보내고 있는 곳이다. 65세 이상
의 할머니들이 70여명에 이르는데 샘터마을 선호재 목사님과
그의 부인이시며 원장인 정숙자 사모님, 그리고 자원 봉사자들
이 함께 내 부모 공경하듯 지극 정성으로 돌보고 있었다.

　샘터마을이 지난 1995년 6월에 개원한 이래 정식 운영한 것
이 7년여에 이른다고는 하지만 선호재 목사님의 장모이시며 정
숙자 원장님의 친정어머니가 되는 신연희 권사님의 간호시절까
지 합하면 실제 운영은 11년이나 된다.

　샘터마을 설립 동기에도 남다르게 숨겨진 깊은 사연이 있다.
신연희 권사님이 뇌출혈로 7번씩이나 쓰러지고, 끝내 살이 썩
어 가며 뼈가 보일 정도로 심각한 욕창으로 변하여 생사의 갈
림길에 놓이게 되었다. 식물인간으로 거동을 거의 못하는 지경

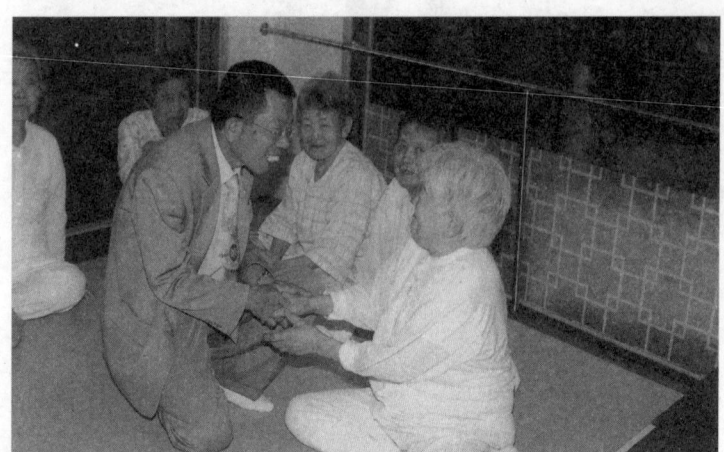

샘터마을 할머님들과 즐거운 한때(자식들에게 소외당한 노인들은 무조건 내 부모님 모시듯 정성을 다해 드리고 싶은 심정이 솔직한 나의 심정이다)

에 이르자 동네 사람들도 '소생할 수 없다'고 비관적인 말만 거듭하였다. 그러나 이렇듯 비참한 여론에도 불구하고 갖은 정성과 눈물겨운 병구완으로 5년만에 소생시킨 기적적인 일이 일어났다. 이 소문을 듣고 인근 각처에서 치매할머니들의 치료를 부탁해 오는 등 장안에 화제가 된 것이 샘터마을 설립에 결정적인 동기가 되었다.

이곳에 수용되어 있는 할머니 중에는 101세나 되는 고령의 할머니도 끼어 있다. 정숙자 원장님의 남다른 정성과 선호재 목사님의 노력으로 무엇보다도 환경이 깨끗하고 청결하여 노인네들만 모인 곳에 냄새가 전혀 나지 않는다.

샘터마을에는 마치 푸른 숲을 옮겨다 놓은 듯 종류도 다양한 각종 꽃나무들이 장식처럼 우거져 있어 자연적으로 공기가 정화되어 쾌적한 환경을 유지하고 있었으며, 옷도 하얀 치마 저고리로 통일시켜 항시 깨끗하고 청결한 분위기에서 할머니들이 생활하고 있었다.

이들을 돌아보면서 인간은 건강하게 살다가 가야 하는데 생로병사(生老病死)의 과정에서 겪는 앞일을 누가 알 수 있겠는가? 우리들이 살고 있는 이 땅에는 이토록 어려운 환자들이 더 많을 것을 생각하니 도울 만한 힘이 없는 나 자신이 부끄럽게만 느껴졌다. 이 사회에는 돈이 없어 질병으로 고생하는 사람들이 많지만 돈이 많은 부유층도 많다. 이들이 사회봉사활동과 불우한 이웃을 돕는 운동이 절실하지만 이것은 어디까지나 내 희망사항일 뿐 현실이 그렇지 못하다는 데 서글픔이 깃든다.

정부의 복지정책도 생색만 내고 명분만 찾는 정책은 이제 배제하고 복지시설을 대폭 증설하여 어려운 사람들이 혜택을 입는 복지행정을 추진할 것을 강력하게 요청한다.

'인간의 삶에서 모든 것은 죽음과 함께 사라지지만 선행만은 남는다'라는 명심보감의 글은 자기만을 위한 이기적인 삶보다 남을 위하여 희생하는 삶이 인간의 가치를 높여 준다는 것이다. 나쁜 생각이나 이기적인 욕심은 모두 때가 되면 사라지지만 남을 돕는 착한 일은 영원히 남는 것이다.

왕종근 아나운서가 진행하는 생방송 프로에 리포터로 출연하여 「무주, 진안, 장수」를 소개하고 있다.(진안 마이산 중턱에 마련된 야외 스튜디오에서)

은평 청소년의 집 방문

　한 순간의 실수로 비행에 빠져 사회로부터 외면당하고 멸시를 받아 갈 곳이 없는 청소년들을 수용하여 삶에 의욕을 진작시키고 잠재되어 있는 소질과 능력을 찾아내어 계발시킴으로써 밝고 건강한 생활을 영위할 수 있도록 지도하는 한국갱생보호공단 서울지부 은평 청소년의 집을 방문하였다.

　탤런트 김경애 교수 일행과 한국갱생보호공단 서울지부 산하 연예인협회 김진오 회장 등 10여명이 찾은 이날 방문은 출소자, 장애인, 저능아 등 보호시설에 의탁되어 있는 이들에게 삶에 의지를 일깨워 힘과 용기를 북돋워 주고 새 삶을 위하여 노력하는 그들을 격려하자는 취지에서 계획된 자리였다.

　일행 모두가 나름대로 종사하는 영화나 방송, CF 촬영 등으로 바쁜 일정이었지만 그래도 뜻 깊은 행사인지라 즐겁게 시간을 보냈다.

　이곳에 수용되어 있는 사람은 10여명 정도였는데 비교적 수준 높은 시설과 환경 속에서 재기의 의욕을 불태우고 있었다. 하루 세끼의 식사와 침실 제공은 물론이거니와 개인 특성에 맞

는 교육을 위한 학원비, 또 직업훈련소 위탁교육비 등 일체를 제공하고 있었다.

또한 자율적인 활동을 존중하여 충분히 사고하고 자기 계발할 수 있는 여건을 마련해 주어 새로운 인생을 스스로 개척해 나갈 수 있도록 도와주고 있었다.

모범 출소자들의 재기를 돕는 '은평 청소년의 집'을 탤런트 김경애 교수 일행과 함께 방문하여 작은 정성이 담긴 선물을 기증했다.

물론 이곳 '은평 청소년의 집' 직원들과 박태규 소장은 24시간 내내 그들과 동고동락하면서 행여 재탈선이나 재범의 행위가 발생될까 염려하며 예방과 헌신적인 지도를 아끼지 않았다.

나는 그들에게 이렇게 외치고 싶었다.

"한 때의 실수로 결코 좌절하지 말라. 새로운 각오와 새로운 계획으로 꾸준히 노력하면 반드시 성공할 것이다. 일개 계룡산의 지게꾼이었던 나를 보라. 여의도 방송국에 얼굴을 내밀고 있지 않은가? 또 CF 1위에도 올라서지 않았던가. 당신들은 젊다. 젊음은 희망이다. 결코 물러서지 말고 노력하라. 반드시 꿈은 이루어진다."

충심에서 우러나오는 외침이련만 마음뿐 이번 기회에 글로 전하게 되어 다행스럽다.

'주객친구(酒客親舊)는 천명(千名)이라도 급란친구(急亂親舊)는 일개(壹個)니라'라는 말이 새삼 생각난다.

술 친구는 많을지라도 어려울 땐 친구가 없다는 뜻이니 가까운 친구를 즐겁게 하고 먼 곳에 있는 친구를 찾아오게 하여야 할 것이다. 달콤한 말은 병을 돋우고, 쓴 말은 약이 된다는 것이다.

사랑과 봉사가 넘치는 소망의 집
'대전 천성원' 방문

지난 3월, 동창생들과 우연한 기회에 노인위로 방문차 대전광역시 대덕구 수출공업단지 내 대화동에 위치해 있는 대전노인전문병원(원장 윤전순)을 방문한 일이 있었다.

이곳 대전노인전문병원 법인체 '천성원'의 회장이 공주 고향 동창생인 노재중임을 알고 깜짝 놀랐으며 무척 반가웠다.

이날은 노인병원 방문에 사전 준비가 없어 공짜아저씨가 반갑다고 붙들고 늘어지는 중증 장애자들에게 위로의 시간도 제대로 가져보지 못한 채 시간이 있으면 다시 찾아오겠노라고 약속하고 귀경하고 말았다.

그 후 약 1개월이 지난 어느 날 노재중 회장으로부터 대전노인전문병원 할아버지, 할머니 생신잔치(1월~3월)에 내려와 달라는 전화를 받고 노인위로 잔치에 열과 성을 다하는 탤런트 김경애 교수와 신민호 가수, 그리고 이윤정 가수를 대동하고 사회복지저널 임성호 편집국장 등과 함께 대전으로 향했다.

대전노인전문병원은 사회복지법인 '천성원'에 소속된 치매 및 각종 노인성 질환으로 현저한 장애가 있어 가정에서 보호받

대전 '천성원'을 방문하여 위로 노래잔치 후 봉사자들이 '공짜가 좋다'며 함께
기념촬영을 요구하여 천성원에 수용된 지체부자유 어린이들과 함께 촬영했다.

지 못하는 불우한 노인들만 효과적으로 치료하는 노인전문 병
원이다.

이곳에 수용된 노인 140여명 중 이날 생일잔치 대상 노인은
36명이었으며 수용노인 중 대다수는 직계자손인 보호자들이 치
료를 위해 위탁한 노인이지만 그 중에는 늙고 병든 노부모를 외
면하는 자식들로 하여금 가정에서 버림받은 노인들도 상당수 있
었다.

이날 사회복지법인 '천성원' 내 평강의 집(정신지체, 기타 질
병환자)과 자강원 수용 어린이 등과 임직원 포함 500여 명이 함
께 한 마당 큰 잔치가 벌어져 이들의 건강과 만수무강을 기원
했다.

노래 잔치를 끝낸 우리 일행은 노재중 회장의 안내를 받아 천
성원에 소속된 정신지체재활시설인 '온달의 집', '평강의 집',
'정화원' 그리고 노인전문요양원 '다비다의 집', 특수교육기

관인 '대전원명학교' 등을 일일이 방문하였는데 '천성원'은 6개 동 건물에 대지 넓이가 1만 여 평이고 수용인원이 1800여 명이나 된다. 또한 50여명의 직원과 보모들이 사랑과 봉사의 기본정신 아래 치료와 재활의 훈련을 맡고 있었다.

우리나라 사회복지시설 가운데 손꼽히는 대형시설과 규모에 우리는 놀랐고, 이곳에서 봉사하는 보모들이 내 자식 내 형제도 아니지만 진정한 사랑과 헌신적인 봉사로 환자를 대하는 현장에 많은 감탄과 놀라움을 확인하였다.

그들은 불우한 처지였지만 얼굴 하나만큼은 결코 어둡지 않았고 밝고 환한 미소로 활짝 펴져 있었다.

그러나 이들을 바라보는 우리들 일행의 마음은 안쓰러움을 솔직히 금하기 어려웠다.

특히 전신마비 장애자 민경식 군은 뒤틀린 손과 다리에 오그라붙은 손가락, 말 한 마디 할려면 전신에 힘을 쏟아 일그러진 얼굴로 그나마 무슨 말인지 통하지 않는 지독한 장애를 겪으면서 딱딱하게 굳어 버린 새끼손가락에 연필을 끼고 양쪽에 고무줄을 걸어 피노키오처럼 뽑혀 나온 라디오 안테나로 컴퓨터 화면에 자신의 세계를 찍고 있었다. 그는 한국문단에 당당히 입문한 시인이면서 자력으로 중등과정의 검정고시를 거뜬히 합격하는 등 남다른 의지를 보였다. 이러한 그가 긍지의 보람인 합격증을 제시해 보일 때는 무척이도 감동을 받았다. 비록 육신은 망가졌어도 불굴의 정신으로 일구어내는 노력과 정성은 눈물없이 볼 수 없는 것이었다.

여주 '라파엘의 집' 방문 위로

부모의 몸으로부터 세상에 태어났으나 탄생의 축복은커녕 무 가치한 존재로 버림받아 내던져진 미아.

그것도 정상적인 신체구조를 지니지 못해 장애라는 죄 아닌 죄로 가정에서 소외되어 부모의 사랑과 형제의 보호에서 외면 당하고 사회로부터 질시와 박대를 당해야 하는 장애자. 더욱이

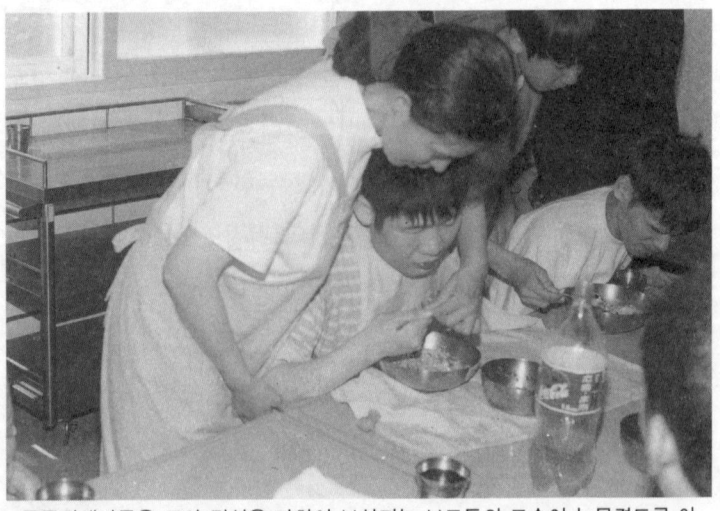

중증장애자들을 모아 정성을 다하여 보살피는 보모들의 모습이 눈물겹도록 아 름답다.

여주 '라파엘의 집'을 방문 위로시간을 가졌다. (민요가수 이주희와 함께 공연하는 모습)

단순한 장애가 아닌 중증 중복 시각장애자들만을 불러 모아 재활의료 및 교육을 실시하여 인간으로서 누려야 할 일체의 건전한 삶을 누리도록 하고 복지증진에 기여가 큰 경기도 여주군 북내면 중앙리에 위치해 있는 여주 '라파엘의 집' (원장 정지훈)에 민요가수 이주희(이주희 예술단 대표)와 「사회복지저널」 임성호 편집국장을 동행하여 방문하였다.

　이날은 이천 YMCA가 주관하고, 연천의 한 마음의 집 김정숙 원장의 후원과 주선, 그리고 지역사회에서 이름도 없이 헌신 봉사하는 이종순 할머니(72세, 장호원 거주) 등이 함께 하였다.

　'라파엘의 집'에 수용된 중증 장애자는 현재 150여명인데 행정요원과 보육사 70명이 이들을 헌신적 봉사와 진실된 사랑으로 돌보아 주고 있다.

　피도 나누지 않은 남남이지만 내 형제 못지 않은 사랑과 정성으로 돌보아 주는 현장에 뛰어들어 나도 그들에게 위로와 소

여주 '라파엘의 집' 방문기념 사진. 오른쪽에서 두 번째가 정지훈 원장이고 그
도 역시 장애자이다.

망의 시간을 만드는 데 앞장섰다.

이곳 '라파엘의 집' 정지훈 원장도 시각장애자이면서 정신
사상이 반듯하고 교양과 식견이 높은 분이다. 앞 못보고 귀가
먹어 말도 못하는 중복 장애자들, 특히 그 중에는 일년 열두 달
내내 드러누워 일어나 앉지 못하는 환자들, 어린 아이들의 대
소변과 하루 3식은 물론 그들의 옆을 떠나지 않고 돌보아 주는
보모들의 눈물겨운 봉사에 감동을 받았다.

그들은 무척이도 정을 그리워하고 목이 메어 고갈중이며 앞
도 제대로 보지 못하는 장애의 어려움을 겪고 있지만 '공짜아저
씨'를 알아보고 저마다 반갑다며 목이 메어 달라붙고 손을 놓
지 않는 모습이 나의 가슴을 뭉클하게 하였다.

우리 일행은 국악 한마당 노래잔치와 나의 코미디극으로 이들
을 위로해 주는 공연의 자리를 마련하고 점심시간을 이용하여 간
단한 프로그램으로 그들에게 즐거운 시간을 제공해 주었다.

이날은 오후에 방송 스케줄이 있어서 오랜 시간을 그들과 함께 하지는 못했어도 뜨거운 마음과 애틋한 정을 안고 돌아왔다.

"이 땅의 천사들이 누구인가? 몸을 움직이지 못하는 장애자와 사회나 가정에서 소외된 사람들을 치료하며 재기의 삶을 심어 주는 보육사! 그들이야말로 장한 국민상 수상자가 되어야 한다"는 독백이 나도 모르게 튀어나왔다.

영등포 교도소 위문공연

2002년도 어버이날을 맞이하여 재소자들에게 어버이의 사랑을 일깨워 주고, 고뇌의 심정을 위로해 주고자 어버이날 5월 8일 영등포 교도소(소장 강귀근)를 방문하였다.

'묘법선원' 범정자 원장님의 후원과 빙그레의 협찬으로 '수

영등포교도소를 방문 위로잔치 후 강귀근 소장(좌에서 두 번째)과 탤런트 김경애 교수 일행과 함께 기념촬영.

영등포교도소 위로공연을 주관한 '묘법선원' 범정자 원장과 함께 앉아있는 모습이 앵글에 잡혔다.

용자 위로 노래잔치' 및 노래자랑을 열었는데 대성황을 이루었다. 1200여명의 수용자들이 비록 영어(囹圄)의 몸이 되어 사회와의 단절 속에서 격리 수용되어 있지만 이날만큼은 자신을 낳아주고 길러준 부모님의 은혜에 감사의 마음을 갖는 계기가 되었다.

이날 탤런트 김경애 교수를 비롯한 60여명의 연예인이 대거 출연하여 다양한 장기를 분출시켜 흥겨운 한마당 큰 잔치가 벌어졌는데 재소자들과의 허물없는 대화를 통해 새로운 희망과 위안을 안겨 주었다고 확신한다.

특히나 공짜아저씨인 내가 소개될 때는 재소자들 상당수가 일어나 열렬한 환영의 박수와 환호성으로 반겨 주었다. 교도소 내에서도 이 공짜의 얼굴과 이름이 기억되고 있다는 사실에 새삼 놀라기도 하였지만 기쁜 마음 감출 수가 없었다. 그리고 나 자신이 공인으로서 몸가짐에 더욱 조심하여야겠다는 다짐을 하게 되었다.

"한때의 실수는 병가지상사라 했으니 용기를 가지고 인내하며 노력하면 사회에 나가 새로운 삶으로 재기하여 훌륭한 인재

영등포교도소 위로 공연을 마치고 이날 출연한 인기연예인들과 함께 한 사진.

가 될 수 있다"고 인사를 겸한 당부의 한 마디를 남기고 내려
왔다.

　일체유심조(一切唯心造)라는 말이 상기해 주듯 세상의 모든
것은 마음이 만들어 내는 것이 아니던가. 그들은 한때의 실수
로 일정의 형기를 마쳐야 하는, 흔히들 영화 〈빠삐용〉에 등장
하는 험악스럽고 포악한 인물로 오해하는 등 잘못된 인식이 팽
배해 있지만 내가 본 그들은 우리와 조금도 다를 바 없는 평범
한 사람들이며 하나같이 미남형의 준수한 모습이어서 결코 박
대할 수 없는 모습이었다.

　그들은 젊다. 젊다는 것은 희망이 있다는 얘기도 된다. 정부
에서도 인도적 차원에서 과거 형무소라는 명칭을 폐지하고 붉
은 담벼락도 정결한 흰색으로 치장하였다. 또한 형 확정 전에
는 피의자로 예우하고 확정되었어도 재소자가 아닌 수용자로 명
명하고 있다. 그들의 죄가에 대해서는 엄격한 법치국가의 치법

권에 두지만 인격은 최대한 예우하고 있다. 물론 그 중에는 배고프고 소위 배경이 없어 억울한 누명 속에서 헤어나지 못하는 불운한 자들도 없지는 않을 것이다.

이 행사를 주관하고 후원한 묘법선원 범정자 원장님의 노고에 다시금 감사의 인사를 드리면서 앞으로도 좋은 일 많이 하실 것을 부탁드린다.

아울러 짧은 시간의 강설이지만 재소자들에게 귀감이 되는 좋은 말씀을 전해주신 박환일 교수님의 유머 넘치는 모습이 아름답게 기억된다.

음성 꽃동네 방문

　충청북도 음성군 맹동면 인공리에 위치해 있는 '음성 꽃동
네' (회장 오웅진 신부)는 지금으로부터 26년 전인 1976년에
설립된 사회복지시설이다. 당시 무극 천주교회 주임신부로 봉
직 중이던 오웅진 신부께서 우연히 걸인 하나가 지나가는 것을
보고 자신도 모르게 그의 뒤를 따라가다가 무극천 다리 밑에서
자신보다 못한 걸인들을 보살피며 함께 어려운 고난의 삶을 살
아가고 있는 현장을 발견한 것이 계기가 되어 천주교회 차원에
서 적극적으로 지원하게 되었다.

　의지할 곳도 없고 얻어 먹을 힘조차 없는 자들을 위해 삶의
터전을 마련하던 것이 불씨가 되어 요원의 불길처럼 급속도로
번져 40여만 평의 임야를 마련하게 되었다. 다시 임야의 상당
부분을 대지로 개발하여 종합건물 8개 동을 건설하고 어린 아
이부터 백세가 다 된 노인들까지 4천여 명을 수용하고 있었다.

　요람에서 죽음까지 다양한 계층의 소외된 자들, 신체장애라
는 죄 아닌 죄 때문에 부모로부터 버림받거나 자식으로부터 소
외당한 중증 환자의 노인들, 이 모든 사람들이 한 가정, 한 동

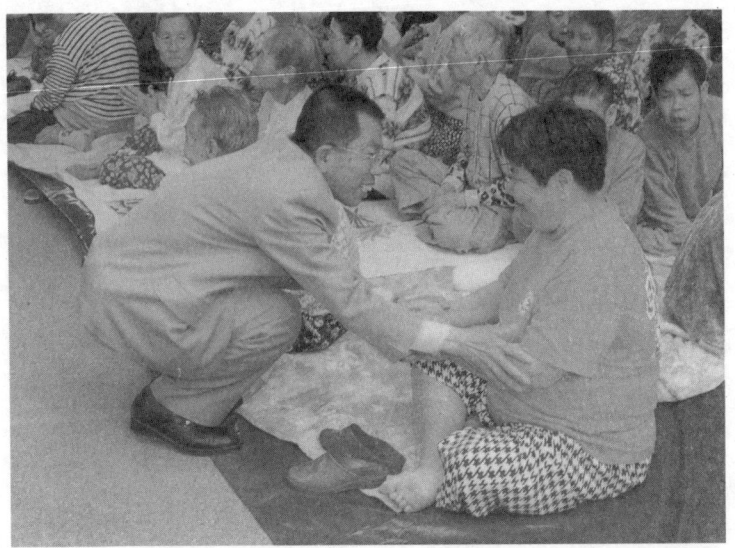

음성 꽃동네를 방문하여 수용된 그들에게 소망과 웃음을 선사, 힘을 실어주는 노력은 나의 기본된 자세이다.

네를 이루어 피곤한 육신의 안식처가 된 꽃동네는 정성어린 치료와 보살핌을 제공하는 복지시설이다.

물론 꽃동네는 전국적으로 방송매체를 통해 잘 알려진 곳으로 정치인이나 연예인 등 수많은 사람들의 방문으로 홍수를 이룬 것도 사실이며 국민들의 관심과 지원의 손길이 끊이지 않았던 곳이다.

우리 일행의 꽃동네 방문 위로잔치는 사회복지저널(발행인 임성호)의 주최로 원로가수 명국환 선생과 탤런트 김경애 교수, 그리고 명창 이주희, 명창 김성도, 가수 이성호 등이 주역을 이루었고 사회복지저널 운영위원장 김이식 회장과 김종식 위원 등 10여명이 참여하여 흥겨운 잔치마당을 벌렸다.

이날 노인연수원 수용노인 중 활동이 제한된 노인 환자를 제외한 약 200명의 노인들과 한판 어우러진 노래잔치는 허허로운 그들의 마음을 달래고 삶에 희망을 안겨 주었다고 생각된다. 어쨌든 우리 일행의 노력이 얼마만큼 성과를 거두었는지는 확인이 되지 않았으나 이날의 흥겨운 한 마당 잔치는 그들에게 즐거움을 주었다고 사료된다. 이곳에서 나는 악극〈이수일과 심순애〉의 코믹한 변사 역을 선보여 폭소를 자아냈으며 노래 한마당으로 그들에게 위로의 시간을 주었다.

당초 과일가게를 계속 운영하였으면 과일 좀 가져오고픈 심정이 있었으나 과일도 선물도 가져오지 못한 죄스러움에 이날 평소처럼 신분을 밝히지 않고 전해 주려던 위로금이 주최측에 발각되어 공개적인 전달식이 되어 버려 송구한 마음에 몸둘 바를 몰랐다.

내가 드리는 작은 금액이 그들에게 얼마나 큰 도움이 될 것인가? 더욱이 종전대로 은밀하게 전해 주려던 위로금을 공개석상에서 전해야 하는 송구스러움에 솔직히 민망했고, 이를 공개시킨 주최측이 얄밉기까지 하였다.

이날 그들에게 정성을 바친 사람이 나 혼자뿐이겠는가? 이날 함께 동행하여 출연한 연예인들, 그리고 운영위원들 모두가 분망한 출연 스케줄을 뒤로 하고, 또 보장된 개런티도 사양하고 이곳까지 달려온 것이 아니던가. 그들의 사랑과 정성이 어떤 유형의 선물보다도 값지고 뜻이 깊은 실천적 사랑의 전형이 아니던가. 정말로 위대하고 훌륭한 분들이다.

나는 이들과 함께 우울한 이들을 찾아 위로하는 대열에 동참할 수 있다는 사실에 보람과 기쁨을 간직하게 되었다.

우리 일행들은 빌리보 수녀의 안내로 이곳 장애우들의 손으로 만들어진 작품이 전시된 수양관을 둘러보았다. 이곳에 전시된 작품은 장애자들의 솜씨라고 믿어지지 않을 만큼 정교하고 섬세하게 만들어져 모두들 감탄과 찬사를 아끼지 않았다. 전시된 작품은 수채화, 인물화, 풍경화 등이었고 앞을 보지 못하거나 거동이 불편한 몸으로 만들어 낸 각종 인형과 모형 작품도 가히 일품이었으며 장애인들의 작품이라고 할 수 없을 만큼 우수한 작품들이었다.

그 중에 서예작품(자작시)이 우리들의 관심을 끌었고, 불구의 몸으로 하나의 이상적 행복을 그린 시(서예)는 필체도 명필이거니와 가슴에 젖어 오는 애환이 그대로 전달되어 원문 그대로 공개한다. 안타까운 것은 2편의 시였으나 1편밖에 기록을 못해 아쉬움도 적지가 않다.

걸어서 얻어 먹을 힘만 있어도 주님의 은총이 있는 것이다. 걷지도 못하고 불구의 몸으로 시를 쓰는 것을 보고 참으로 놀라지 않을 수 없었다.

아버지여! 당신이 나에게 일주일만
걸을 수 있게 해주신다면
하루는 남에게 열심히 봉사하고
이틀은 못 이루었던 꿈을 이루어 보고 싶어요.
사흘은 고향에 가서 그리운 부모 형제 만나고
나흘은 사랑하는 연인과 만나서 다정하게 데이트하며,
행복한 미래를 꿈꾸고 싶어요.
닷새는 기차를 타고 여행을 하며
이 세상에서 제일 아름다운 곳에서
예술적인 사랑으로 즐기고 싶어요

이 시를 쓴 사람은 걷지도 못하고 손가락도 제대로 펴지 못하며 휠체어를 타고 남의 도움이 있어야만 그나마 움직일 수 있는 사람이다. 마침 우리 일행을 먼 곳에서 발견하고 손을 흔드는 그의 모습에 우리들은 진심 어리고 눈물어린 마음으로 손을 흔들어 보였다.

"신이시여, 그에게 은총이 있게 하소서."

공짜아저씨 세상보기

　　나는 노인들을 위로하는 행사나 잔치에 참여하는 것을 즐거운 마음으로 찾아간다. 그리고 찾아가 즐거운 자리를 만드는 것이 나에게 주어진 하늘의 축복이라 생각한다.

　　경로잔치에서 중증 환자인 노인들을 볼 때 그들은 대개가 자식이 있는 노인들이다. 자식들이 병들고 늙었다는 이유로 명분상 요양원에 요양(?)을 시킨다고는 하지만 실제로는 부모를 내다버리는 것이다. 소위 현대판 고려장이라고나 할까. 요양원 책임자들의 말을 빌면 '꼭 모시러 온다'고 다짐하고 한 달 내지 두 달 정도는 요양비를 그나마 보내주는 효심이 조금은 남아 있는 자식들도 몇 명은 있지만 대다수는 그냥 모른 체 자기를 낳아준 부모를 방치한다고 한다. 어떻게 부모를 버릴 수가 있단 말인가? 인륜과 천륜적으로 있을 수가 없는 일이지만, 그러나 이것이 오늘의 현실이다.

　　자식에게 버림받은 부모들은 한결같이 자기를 버린 자식을 원망하지도 저주하지도 않는다고 한다. 아들의 집 주소나 전화번호, 그리고 이름을 물을라치면 열이면 열 모두가 '기억이 나지 않는다' '모른다'는 말로 이를 회피한다고 한다. 행여나 자신으로 인해 자식들에게 불이익이나 돌아가지 않을까 염려하는 부모들의 마음이다. (본문 중에서)

원로가수 명국환 선생 고희연

한국 가요계의 대부이며 우리 가요 역사의 산 증인이신 명국환 선생, 〈방랑시인 김삿갓〉, 〈백마야 울지 마라〉 등 우리들 뇌리에서 사라지지 않는 주옥 같은 애창곡으로 우리들 가슴 속에 영원히 살아 있는 원로가수 명국환 선생이 가요 데뷔 50주년을 맞이하였다.

이 뜻 깊은 해를 기념하고 또 70회 생신을 자축하는 고희연이 여의도 63빌딩 3층 체리홀에서 동료 가수들과 500여명의 친지들이 참석한 가운데 성황리에 개최되었다.

이날 가수, 탤런트, 방송인 등 수많은 후배들이 참석하여 명국환 선생의 만수무강을 기원하였으며, 원로가수 최희준, 코미디언 송해, 배뱅이굿으로 잘 알려진 이은관 씨, 2002년 월드컵 홍보대사 김흥국 씨 등과 은방울자매, 안다성 씨 등 가요계의 이름 있는 스타들이 많이 보였다.

나 또한 명국환 선생의 고희연에 출연하여 축하 메시지로 '인생은 60대부터'라고 익살을 떨며 만수무강을 축원하였다.

인생 70. 예전 같으면 고령의 노인으로 사회활동에서 완전히

은퇴하여 제 2선으로 물러앉아 손자들이나 돌보며 한가롭게 지낼 나이인데 선생은 아직 건강하시고 활동적이어서 앞으로도 10년 이상을 무대에서 볼 수 있을 것 같았다.

인생 70에 이르기까지 수많은 파란곡절을 겪었을 것이고 어려움도 많았을 것이나 외길을 끝까지 지켜 오신 명국환 선생의 만수무강을 진심으로 기원해 본다.

소싸움을 보면서 얻어지는 교훈

　KBS 전재욱 PD와 함께 대구에 내려가서 '소싸움'을 취재한 바 있다.

　소는 우리들이 모두 알고 있듯이 우직하며 주인을 위해 충성할 줄 아는 명물 중의 하나이다. 무거운 짐을 지워도, 힘든 수레마차를 끌면서도 반항하거나 항의 하나 없이 묵묵히 침묵으로 주인의 뜻을 충실하게 소화해 내는 소이다.

　이런 소를 가지고 소싸움을 시키는 일면 비양심적 행위를 저지르면서도 돈을 걸고 내기까지 자행하는 파렴치한 인간들도 있다. 과연 만물의 영장이라 일컫는 인간이 짐승만도 못한 금수(禽獸) 같다고나 할까? 그러나 이날 대구에서 개최된 소싸움은 그런 비양심적 소싸움이 아닌 건전한 취지의 행사였다.

　말 못하는 소가 주인의 호령과 눈치 하나만 믿고 힘 겨루는 싸움터와 같은 살벌함 속에서 뿔을 무기로 '탁'하는 둔탁한 소리와 함께 뒷발질에 힘을 가하고 상대를 향해 전력으로 덤벼드는 소싸움은 하나의 장관이었다.

　소는 신사도를 지녔다. 싸우다가도 힘이 몰려 지쳐서 굴복하

게 될 때는 미련 없이 자신의 패배를 인정하고 물러설 줄 안다. 잘못된 것을 알면서도 어거지로 우격다짐으로 얼굴색 하나 변하지 않고 '잘했다'고 큰 소리치는 사람들에게 질책을 가하는 무언 중의 교훈이 될 것이다. 무엇보다도 소는 주인을 알아보고 주인을 위해 충성을 다하는 충직함을 이날 생생한 소싸움의 현장에서 볼 수가 있었다.

소는 주인을 위해서는 호랑이도 물리친다는 속담이 있다.

나의 코미디 18번〈이수일과 심순애〉
변사, 그리고 시골 약장사 타령

공짜로 유명해졌으나 팬들은 내게 코미디를 요구하는 것 같다. 그것도 내가 일류 배우, 또는 탤런트나 가수로 유명세를 받았다면, 배우는 자신이 맡은 역에만 충실하면 될 것이고, 가수는 노래나 불러주면 될 터인데, 내가 출연한 CF가 유머러스하고 코믹한 코미디물이었으니 코미디 요구는 당연하다. 언제인

옛날 무성(無聲) 영화시대에 변사 역으로도 창출된〈이수일과 심순애〉연기를 이주희 민요가수와 함께 열연해 보이고 있다.

가 신문과 방송에서 나에 대한 기사와 방영이 홍수처럼 터지던 무렵, KBS 방송국에서 초청하여 인터뷰하는 도중에 이날 초청된 '행복저널'에 장기를 보여주는 과정에서 나는 준비도 없이 즉석에서 〈이수일과 심순애〉의 변사 역을 선보여 객석의 환영박수를 받았다. 그 이후 이것이 나의 코미디 18번이 되었다.

저기 보이는 것이 능라도 모란봉인데 보기 좋은 십오야 달빛 아래 두 청춘 남녀의 그림자가 비쳤으니, 그것은 이수일과 심순애였던 것이었다.

대동강이 변하여 모란봉이 되고 모란봉이 변하여 대동강이 될지언정 너와 나는 변치 말자고 굳은 약속을 하였건만, 하루 아침 이슬과도 같구나.

"수일 씨 한 번만 용서해 주세요."

"놓아라. 김중배의 쓰봉을 잡아야 돈이 나오지 나의 쓰봉(바지)을 잡아본들 돌아가는 건 발길뿐이 없다. 놓아라."

"수일 씨 한 번만 용서해 주세요."

다이아몬드 보석반지에 두 눈이 어두워 백년배필을 배신하고 김중배를 따라가는 심순애의 좁은 가슴은 굽이굽이 냉정하였도다.

"나를 따르자니 돈이 없고, 김중배를 따르자니 애정이 없드란 말이냐? 김중배의 다이아 반지가 그리도 좋더란 말이냐?"

"수일 씨 양말에 빵꾸가 났어요."

"그래 나는 양말에 빵꾸가 났지만 너는 양심에 빵꾸가 났구나."

이수일과 심순애 코미디가 끝나고 바로 이어서 노래 한 곡조가 나온다.

적막한 대동강 푸른 물가에 은은히 들리는 울음 소리, 이수일 심순애 마지막으로 산보 겸 이별이로다. 잊었던 순애야 말 들어라. 오늘밤 저 달이 흐리거든 요내 강산에 피눈물 받아 편지 써 주마. 너는 죽어서 꽃이 되고 나는 죽어서 나비 되어 꽃에 나비가 앉거든 나인 줄 알라.

옛날 시골에는 종기가 나면 감자를 쪄서 붙이고 이것만으로 응급 처방을 대신하던 극히 후진성을 면치 못하던 어려운 때가 기억난다. 그때는 왜 그리 종기도 잘 나던지, 당시에는 유일한 약으로는 이명래 고약이 판을 쳤다. 시골장터를 찾은 약장사의 기막힌 광고 한 토막.

머리에 나면 두종(頭腫), 얼굴에 나면 면종(面腫), 목에 나면 황종(況腫), 어깨에 나면 견종(肩腫), 뒤통수에는 후발치, 배에 나면 복종(腹腫), 등에 나면 등창, 궁둥이에 나면 둔종(臀腫), 다리에 나면 각종(脚腫), 손바닥에는 와사창, 손가락에는 사두창, 발고락에는 미쓰묘무좀, 바르면 낳고, 안 바르면 안 낳고, 그렇고 그렇습니다.

또 하나 변사처럼 웃기는 노래가 있다. 물론 사람들을 웃기기만 하는 만가(漫歌)로 보면 된다.

염병, 땀병, 가슴앓이 속병, 임질, 매독, 치질, 독감, 두통, 치통, 뼛골 쑤시고, 팔다리 아플 때 이 약 한 봉지면 만병 통치올시다.

옛날 TV는커녕 라디오도 없었던 시절에 약장사의 변사는 시장바닥에서 꽤나 큰 인기를 끌었다. 어려웠던 시절을 재현하는 변사 흉내는 옛날의 향수를 다시 불러오는 효과가 있어 역시 환영일색이었다.

옛날 일을 말하다 보니 또 다시 돌아가신 부모님 생각에 두 눈에 그리움의 눈물이 젖는다.

생전에 아버님이 즐겨 부르시던 노래가 기억에 새롭다.

앞동산에는 봄 춘(春)자요, 뒷동산에는 푸른 청(靑)자라.
가지가지에는 꽃 화(花)자요, 굽이굽이 내 천(川)자라.
동자야 술 가득 부어라, 마실 음(飮)자가 술 주(酒)니라.

나는 부모 복이 없는지 부모님들은 내가 어릴 적 철부지 시절에 모두 돌아가셨다.

나는 부모님께 효도 한번 해보지 못한 불효자이다.

계룡산 지게꾼이었던 내가 이제 여의도 방송국까지 입성했고 인기를 누리고 있으나 어머님은 이 못난 자식의 성공을 지켜보지도 못하시고 먼저 저 세상으로 떠나셨으니 어머님 생각에 눈물이 앞을 가린다.

"어머님! 이 못난 자식, 해내고 말았어요!"

어린 핏덩이, 3살밖에 되지 않은 나를 두고 가슴이 아파 눈도 못 감으셨던 어머님, 살아 생전 효도 한 번 해 드리지 못하고 돌아가신 어머님을 이제서 불러본들 무슨 소용이 있겠는가.

그런 연고로 나는 기회가 있을 때마다 불우한 노인들을 위문하는 공연 행사장만큼은 촬영에 큰 지장이 없는 한 꼭 찾아뵙는 것을 게을리 하지 않는다.

내가 가장 부러운 것은 '부모님 살아 계셔서 모시고 있는 자손들이 얼마나 행복한가'이다.

부모님 살아 계실 때 효도하라. 돌아가시고 난 뒤 남는 것은 후회뿐이다. 효도는 곧 나라에 충성이 된다.

뿌리 없는 나무가 어디 있고, 부모 없는 자식이 어디 있으며, 나라 없는 국민이 어디 있단 말인가?

미국 케네디 대통령은 취임사 중에 명언을 남겼다.

"국민들이여, 나라가 당신들을 위해 무엇을 해줄 것인가를 묻지 말고, 당신들이 나라를 위해 무엇을 해야 하는가를 물어라."

나라를 위하고 남을 위하는 행동, 질서, 그리고 환경오염이나 공해를 없애는 성숙된 국민의식은 우리의 생활을 빛내 주는 밝은 햇살이 될 것이며, 이것이 곧 나라 사랑하는 마음이며 애국심이다.

나보다 남을 더 존귀하게 여기고 나보다 남을 위하는 마음으로 산다면 우리 모두 행복한 생활을 하게 될 것이다. 행복하면 웃음이 나오고, 웃음이 나오면 스트레스가 해소되는 엔도르핀이 생성된다.

건강에는 웃음이 보약이다. 우리 모두 다같이 웃고 삽시다. 하하하하……

"一笑一少 一怒一老" (일소일소 일노일노)

인생은 60부터

　나는 노인들을 위로하는 행사나 잔치에 참여하는 것을 즐거운 마음으로 찾아간다. 그리고 찾아가 즐거운 자리를 만드는 것이 나에게 주어진 하늘의 축복이라 생각한다.

　경로잔치에서 중증 환자인 노인들을 볼 때 그들은 대개가 자식이 있는 노인들이다. 자식들이 병들고 늙었다는 이유로 명분상 요양원에 요양(?)을 시킨다고는 하지만 실제로는 부모를 내다버리는 것이다. 소위 현대판 고려장이라고나 할까. 요양원 책임자들의 말을 빌면 '꼭 모시러 온다'고 다짐하고 한 달 내지 두 달 정도는 요양비를 그나마 보내주는 효심이 조금은 남아 있는 자식들도 몇 명은 있지만 대다수는 그냥 모른 체 자기를 낳아준 부모를 방치한다고 한다. 어떻게 부모를 버릴 수가 있단 말인가? 인륜과 천륜적으로 있을 수가 없는 일이지만, 그러나 이것이 오늘의 현실이다.

　자식에게 버림받은 부모들은 한결같이 자기를 버린 자식을 원망하지도 저주하지도 않는다고 한다. 아들의 집 주소나 전화번호, 그리고 이름을 물을라치면 열이면 열 모두가 '기억이 나지

불우한 할머니들만이 수용되어 있는 시설을 찾아 위로하고, 즐거운 시간을 갖
도록 노력하는 나의 마음은 어머님을 그리는 심정이 무엇보다도 절실했기 때
문이다. (사진은 불우시설 노인들을 찾아 위로하는 장면이다. 김경애 탤런트와
신인가수 이윤정이 함께 했다)

않는다' '모른다'는 말로 이를 회피한다고 한다. 행여나 자신
으로 인해 자식들에게 불이익이나 돌아가지 않을까 염려하는 부
모들의 마음이다.

버려진 부모들은 대다수 치매, 중증 환자, 장애 노인들이다.
이들을 대할 때마다 나는 피에 사무친 어머님에의 그리움으로
그들이 너무나도 불쌍해서 붙어 껴안고 함께 울기도 여러 번
했다.

그러고 보니 내 나이도 이순(耳順)에 접어들어 어느덧 환갑
나이가 되었다. 세월이 유수 같다더니 이팔청춘 젊은 의욕으로
뛰던 일이 바로 엊그제 같은데 벌써 머리에는 흰 머리카락이 보
이기 시작하고 기력마저도 예전 같지가 않다. 내 아내와 검은
머리 파뿌리가 되도록 살자며 결혼 시에 약속했는데 벌써 노년

입문에 들어선 것이 아닌가?
　우탁의 시가 생각난다

　한 손에 막대 들고 또 한 손에 가시 쥐고
　늙는 길 가시로 막고 오는 백발 막대로 치렸더니
　백발이 제 먼저 알고 지름길로 오더라

　그러나 옛날과 달리 인생 60은 청춘이다. 인간 수명은 꾸준히 연장되어 오늘날에는 60대를 노인으로 보지 않는다. 아니 인생은 60부터라고 한다. 3,40대의 경험에 50대의 노하우 축적으로 60부터 새롭게 시작하는 것이다.

　인생은 60부터! 몸도 마음도 젊다오
　70에 데릴러 오거들랑 안 계신다고 전해 주오
　인생은 60부터! 봉사하며 웃으며 삽시다
　80에 데릴러 오거들랑 너무 이르다고 전해 주오
　인생은 60부터! 아무 부족함이 없으니
　90에 데릴러 오거들랑 너무 재촉하지 말라고 전해 주오
　인생은 60부터! 감사하며 살고 있으니
　100이 되어 때가 되면 가겠노라고 전해 주오

청와대에서의 초청,
김대중 대통령의 친서도 받고

　우리나라 최고 통수권자이며 국가원수인 이 나라 대통령이 국정을 위해 집무하고 거처하시는 곳은 물론 청와대이다.

　한 나라의 지도자가 거처하는 곳이니 만큼 경비는 물론, 주변이 깨끗하고 정결함은 말할 필요도 없거니와 그 웅장함도 감히 표현하지 못할 만큼 장중한 곳이다.

　과거 한동안은 청와대 주변을 함부로 얼씬하지 못하는 극한의 통제 아래에서 웬만한 사람은 그림자도 비추지 못하던 그런 곳이다.

　한 마디로 대통령이 계신 곳이니 국민들의 관심과 눈길이 집중되어 있는 곳이 아닌가?

　공짜가 인기가 있다고 해도 어디라고 청와대를 마음대로 들어가 볼 수가 있겠는가?

　그런데 우리나라를 통치하는 국가의 원수, 이 나라의 대통령이 있는 청와대를 구경할 수 있는 기회가 왔다. 다만 공짜 하나만 초청된 것이 아니고 시민을 위한 봉사자들 여러분들의 초청 중에 나 공짜도 초청된 것이다. 물론 청와대 초청은 분류가 많

공짜 인기가 좋긴 좋은가 보다! 청와대 방문 기회가 주어져 비서진들과 함께 시간을 가질 수 있었다.

다. 국정을 위한 국무위원, 영수회담, 국가 유공자 및 국위 선양자 초청 등에는 공식적인 국가 행사에 의한 대통령과 만남을 주선한다.

그러나 비공식적 초청에는 글자 그대로 방문이다. 비공식 방문은 청와대 비서 실무진과 실무 공무원들의 상면 수준이다. 계룡산 지게꾼이 여의도 방송국을 제 집 드나들 듯 다닐 수 있는 것도 영광인데 청와대 초청은 공짜에게 있어서 가문의 영광이 된다.

청와대 민원수석실에 들어가니 높은 분 모시고 계시는 직원들이 공짜를 알아보고 환한 얼굴로 맞아준다. 민원 비서실장과 잠시 담화시간을 가지고 청와대 뜰에서 기념사진도 촬영했다.

그 뿐 아니다. 그 후 지난 2002년도 2월에는 김대중 대통령의 친서도 받았다. 내용은 월드컵을 앞두고 협조해 달라는 내용이었지만 한 나라 대통령의 친필, 친서는 나를 무척 감동케 하였다. 대통령의 친서를 받아든 나는 가정과 사회에 성실하게 활동하고 국가에 충성을 다하여 이 나라와 사회에 밀알이 되어야겠다는 굳은 다짐을 하였다.

중국 취재차 리포터로 출국

중국 취재차 리포터로 출국.

　내 평생 60이라는 인생 능선에 오른 나이에 강기웅 PD와 함께 프로급 낚시 회원들과 동행하여 해외여행을 떠났다.

　그것도 넓은 대륙에 전세계 인구의 20%를 차지하는 중국 땅, 과거 공산국으로서 사회주의 정치가 지배하던 나라가 신문화정책으로 급변하여 외국과의 교류를 제한하다가 우리나라와 수교하게 되어 나 같은 서민도 여행할 수 있는 나라가 되었다. 사람들의 얼굴이 생기 있어 보였으며 삶에 의욕으로 젊음이 넘쳐나고 있었다.

　우리나라와의 무역시장도 가히 폭발적으로 불어나 무역의 중심지로 자리잡고 있으며 수천 년을 이어오는 문화의 고도로서 우리에게 문화교류에 있어서도 무궁무진한 가능성을 보이는 나라이다.

물론 우리나라도 예년에 비해 해외 나들이가 상당히 자유로워졌고 쉬워진 것은 사실이다. 때문에 공짜가 해외 나들이했다고 해서 무슨 큰 자랑거리가 되겠는가.

해외에 나가 보면 문화와 생활, 그리고 언어가 다르기 때문에 이제까지 우리 주변에서 보아온 모습보다 새롭고 경이로운 점을 발견할 수 있어 하나같이 놀라지만 외국에 나가 본 대다수의 사람들이 이구동성으로 하는 말이 "그래도 우리나라 삼천리 금수강산이 제일이다"라는 것이다.

뿐만 아니라 외국에 가서 가장 큰 어려움을 당하는 것이 언어 소통이 안 되어 겪는 불편과 외국의 음식이 제 아무리 유명한 진수성찬일지라도 입맛에 맞지 않아 고생하게 된다.

우리나라 음식이나 자신이 좋아하는 구수한 냄새의 된장찌개와 김치국만 못하다는 생각도 많이 하게 마련이다. 특히나 김치는 우리 선조들의 지혜가 듬뿍 담겨 있는 발효식품으로 우리 입맛에 맞는 유일한 우리 민족 고유의 음식이다.

우리나라를 출발하여 촬영팀 일행과 함께 홍콩에 도착하였다. '주해'를 거쳐 계산도에 도착하자 이미 우리 일행을 맞이하기

위해서 중국에서도 명망 있는 인사들이 기다리고 있었다.

나는 해외여행도 처음일 뿐더러 설마하니 중국에서 나를 알아볼 리가 없을 것이라고 생각했는데 우리를 맞으러 나온 사람 중에서 '공짜 공짜' 하는 소리가 흘러나오고 여러 사람이 나를 아는 체하였다.

나중에 들은 얘기지만 그곳에서도 우리나라 국영·민영 방송이 방영된단다. 낯선 외국인, 처음 보는 외국 사람이 나를 먼저 알아보는데 기분이 나쁠 리가 있겠는가. 그 날 저녁 중국에서도 훌륭하고 값비싼 모텔에서 융숭한 저녁식사 대접을 받았다. 그러나 내 눈에는 이름도 모를 그 많은 음식들이 내 입맛에는 도무지 맞지 않아 그림의 떡일 뿐이었다.

이곳에서 한국, 중국, 홍콩, 대만, 마카오 등 아시아 5개국 낚시대회가 개최되는 것이다. 프로 선수들과 함께 리포터 일행은 홍콩을 거쳐 항구의 도시이며 주역의 도시인 주해를 경유하고 다시 계산도에서 배를 갈아타고 수백 리 떨어진 무인도까지 가는 동안 새삼 우리 국토의 수십 배가 되는 중국 땅이 넓은 대륙이라는 것을 실감케 되었다.

'중국이 연잎이라면, 우리나라는 고추잎'이라고 했던가? 배를 타고 몇 시간 가는 도중에도 일기가 좋지 않아 폭풍이 몰아치는데 나는 꼭 바다에 파묻혀 물귀신이 되는 듯한 착각을 일으키며 불안이 엄습해 왔지만 우리 일행을 태운 배는 용케도 몰아치는 파도를 헤치며 속도를 내는데 한편 스릴도 느껴졌다.

결국 무인도에서 낚시대회가 개최되었다. 이곳에는 '감성돔'이라는 물고기가 많다는데 중국 땅도 처음 가 본 공주 촌부가 감성돔이 무엇인지 알 게 뭔가? 처음으로 회를 떠서 싱싱한 맛

중국 무인도에서 열린 낚시대회 리포터로 참석하여 감성돔이라는 물고기를 낚고 함께 즐거워했다.

그대로 초장에 찍어 먹는 그 맛은 일미였다.

이번 낚시대회는 국제간의 친목을 도모하기 위한 취지에 맞게 각국에서 온 낚시 선수들의 매너와 인격은 돋보였으며 함께 생활하는 동안 국경 없는 한 형제와도 같이 친밀하였다.

낚시대회 결과는 큰 의미가 없으나 역시 주최국 중국이 1위를 하였고, 우리 한국 낚시꾼들은 3위를 하였다. 아주 뜻 깊은 4박 5일의 여행이었다.

인천 세계 춤 축제

항구도시 인천, 우리나라 5대 도시중의 하나가 되며 전국 14개 도시중 세 번째 큰 도시로 손꼽히는 항구도시이다. KBS의 안상민 PD와 함께 인천에서 개최되는 세계 춤 축제를 취재하였다.

인천 세계 춤 축제에 리포터로 참여하였다.

외국인들과의 한바탕 춤으로 이어지는 즐거움은 또 다른 인생의 환희를 맛보게 해주는 것이다.

춤이란 인간의 흥을 돋구어 주며 기분을 전환시켜 기쁨을 배가시켜 즐거움을 더해 준다. 이것이 춤이 가진 대단한 특성이다. 물론 춤에는 노래(음악)가 있어야 한다.

흥겨운 가락에 맞추어 추는 춤은 인간에게 환희와 즐거움을 안겨 주는 매력이 있다.

춤과 노래! 이것은 인간의 생활과 깊은 연관이 있어 인간의 삶에 기본적으로 필요한 것이다.

각 나라마다 문화가 다르고 언어가 다르지만 춤과 노래를 즐기는 것은 어떤 나라, 어떤 민족 간에도 상당히 유사하다. 더욱이 노래가 나오면 자연히 흥을 돋구어 율동이 창출되는 것은 당연지사이다.

인천에서 열리는 세계 춤 축제에는 동아시아 및 서방국가 등 여러 나라에서 춤으로 한 가닥 한다는 춤의 도사(?)들이 모여

춤에도 도사가 있다. 프로급 춤을 추는 무희는 하나의 예술품으로 인정받고 있다.

서 친목을 다지는 행사로서 나도 한 몫 할 수 있는 기회를 얻
었다.

우리들이 입는 의복이나 의상은 이루 헤아릴 수 없을 정도로
다양한 옷들이 있다. 춤에도 그 춤에 맞는 의상이 있어야 멋진
조화를 이루고 보는 이로 하여금 즐거움을 배가시켜 주는 것이
다. 노동자들에게는 노동복, 학생에게는 교복, 의사들에게는 가
운 등 직종에 따라 의복이 다르듯 춤에도 고유의 의상이 있는
것이다. 아무리 훌륭한 신사복을 입었다고 하여도 춤출 때의 신
사복은 영 안 어울린다.

이날 외국에서 온 춤의 선수들이 참석한 가운데 뉴질랜드 춤
선수들의 춤과 미국 필라텐코 무용단의 묘족춤, 중국 연변의 중
앙소학교(초등학교)의 꽃봉오리 동우회 어린이들의 춤, 그리고
초등학교 교사들의 스포츠 댄스춤, 뉴질랜드 민속무용단의 하

카춤, 러시아의 라틴춤 등은 해당국가의 특성과 개성을 살린 것이었다.

이렇게 아름다운 춤의 무대가 화려하게 진행되었고 나도 이곳에서 외국인들과 함께 어우러져 춤을 추어 보았다.

춤은 과연 인간의 스트레스를 해소시켜 주는 명약이다. 여럿이 어우러져 춤추며 노는 것은 신체의 건강에도 상당한 도움이 될 것이다. 특히나 중국 교포 꼬마들의 율동과 춤은 참가자 모든 사람들에게 우수성을 인정받은 아름다운 춤이었다.

시민의 날 구민의 행사

서울시 주최로 '서울 드림 패스티벌 2000' 행사가 열렸을 때다. 서울시내 각 구청에서 선발된 '자랑스러운 시민'의 날 행사에 내가 마포구 대표로 선정되어 마포구청을 출발하여 세종문화회관을 거쳐 시청까지 이어지는 카퍼레이드 행렬의 맨 앞자리에 서게 되었다. 나에게는 대단한 영광이었다.

퍼레이드 행렬에는 구청 고위 공무원들과 구의원들이 앞장서

2002 월드컵 성공을 기원하는 마포 구민 가두행렬모습.

고 플랭카드 행렬과 옛 마을기 15개와 기수들이 뒤를 이었다. 그리고 월드컵 경기장 모형을 실은 특장차에 내가 타고 풍물단과 사물놀이패들이 전후에서 흥겨운 가락으로 흥을 돋웠다.

우리동네 이사람/ '공짜 아저씨' 김상경

"행복을 알리는 전달자 되고 싶어요"

"세상에 공짜가 어딨어." 이동통신 CF 하나로 일약 '스타'가 된 김상경씨(58세)는 다름아닌 공덕2동에서 '공주상회'라는 과일가게를 하는 우리동네 사람이다.

그는 아침 새벽4시면 어김없이 일어나 청량리 청과물 도매시장에서 과일을 사온다. 김씨는 고향인 충남 공주에서 스물일곱살 되던 해인 1969년에 단돈 5만5천원을 들고 무작정 상경해 5만원으로 단칸방 하나 구하고 5천원으로는 리어카를 구입한 후 청량리 청과물시장에서 과일을 사다가 행상을 시작했다고 한다.

이후 20여년 동안 과일을 팔아 공덕동 버스정류장 앞에 한평짜리 가게를 내고 집도 장만했다고 한다. 그런

데 재개발로 가게가 헐리던 96년에 KBS 인기사극 "용의 눈물"에서 엑스트라를 시작한 것이 오늘의 그를 만든 특별한 계기가 됐다고 한다. 드라마를 찍기위해 눈보라 치는 문경새재에서 짚신 신고 벌벌 떨기도 했지만 그는 젊은시절 계룡산에서 나뭇짐 지고 갑사를 넘어 다닐때를 생각하면 아무것도 아니었다고 말한다.

지난해 11월 지금의 자리에 과일가게를 열게된 것도 TV드라마 엑스트라와 CF광고 덕분. 그러나 무엇보다도 고마운 것은 아내 서완석씨(54)가 힘든 일을 마다하지 않고 벌어온 돈으로 마련한 지금의 생활터전이란다. 김상경씨는 보잘 것 없는 자기가 광고에 떴다고 결코 자만하지 않으며 살겠다고 한다.

세상일은 다 제 마음 하나에 달려 있다고 하면서 '공짜 아저씨' 김상경씨는 오늘도 자기가 출연한 CF를 통해 사람들에게 자그마한 웃음을 전해 주는 '행복의 전달자'가 되고 싶다고 한다.
〈송철헌기자〉

일간지에 소개된 구민의 날 행사 기사.

연도에는 수많은 시민들이 몰려나와 뜨거운 박수로 환영해 주었으며 경찰의 안내로 장엄하고 질서정연하게 행사를 마무리했다. 이 뜻 깊은 행사에 나 공짜가 주인공으로 등장하여 열렬한 박수로 환영받은 것은 평생 잊지 못할 추억이 될 것이다.

마포 구민의 날 구민 대표로 선발되어 구민의 행사 시 퍼레이드 카에 올라 광화문, 시청 등을 돌면서 시민의 환영을 받았다.

고향 공주에 금의환향

　KBS에서 동행 취재 형식으로 고향을 찾게 하는 프로 덕분에 우리 내외가 고향 공주를 다녀올 수 있는 기회를 갖게 되었다. 이런 기회를 마련해 준 KBS 관계자 분들께 진심으로 감사의 인사를 드린다.

　내가 고향을 떠나 수삼년 만에 나름대로 성공하여 고향을 찾게 된 것은 어떻게 보면 금의환향일 것이다.

　CF 대박 이후 정신 없이 이어지는 방송출연과 신문·잡지사의 인터뷰 성화로 마냥 좋아할 수만은 없었다. 시도 때도 없이 밀려드는 손님과 전화통화로 나보다 아내의 고충이 적지 않았다. 물론 행복한 고충이지만 말이다.

　과일 가게는 TV 인기 덕택에 손님이 줄을 이었고, 두 내외가 함께 운영하던 것을 아내 혼자 떠맡다 보니 바쁘고 고될 수밖에 없을 것이다. 전에 비해 두 곱이 넘는 고역에 도대체 뭐가 어떻게 돌아가는지 알 수가 없었다. 정신 없는 상황에 손님들 중에는 일부러 공짜아저씨를 한 번 보려고 먼 길을 마다하지 않고 찾아왔다는 사람도 있었다.

그리고 '공짜이니까 과일도 공짜로 달라'는 짓궂은 손님들이 하나 둘이 아니어서 아내는 오히려 인기상승이 과히 반갑지 않은 듯 가게에 신경을 써 달라며 투정 어린 볼멘소리를 하여 나는 달리 대답해 줄 말이 없었다.

이런 아내를 단 하루만이라도 쉬게 해주고 싶었지만 현실은 그렇게 호락호락 놓아주지 않았다. 장사도 잘 되고 특히나 나 자신이 정신 못 차릴 정도로 바빠져서 마음으로나 휴식을 주던 차에 KBS에서 아내를 기쁘게 해줄 기회를 마련해 주었다. 그런데 나 자신도 내심 쾌재를 불렀지만 결과적으로 아내에게는 별다른 휴식이 되지 못했다.

카메라가 함께 쫓아다니며 촬영을 하니까 수줍음을 많이 타는 아내는 아예 입을 막고 있었다. 아내의 말 못하는 심정이 오죽이나 답답하였겠냐만 공주행은 예정대로 진행되었다.

여기서 한 가지 첨부하여 고마움을 표해야 할 일이 있다. 이날 촬영을 위해 함께 동행한 최동민 PD와 합심일체가 되어 준 촬영팀들에게 고마움을 감출 수가 없다. 그들은 공주를 향해 출발하기에 앞서 새벽부터 분주하게 움직였을 뿐 아니라 먼 거리 운행으로 지친 몸을 쉴 틈도 없이 그 무거운 카메라(근래의 신형 카메라에 비해 당시의 TV카메라는 무척 무거웠다)를 메고 해발 850m나 되는 계룡산을 오르는 수고를 감수해야 했다. 그들이 흘리는 땀방울과 좋은 작품을 창출하려는 장인정신이 내재된 성실함과 열의에 솔직히 감동하지 않을 수가 없었다.

계룡산을 오르기 전에 먼저 유명한 사찰인 갑사에 들러 자비심으로 중생의 고뇌를 다스리는 성문 앞에 참배를 드렸다. 과거 고향에 살 때 힘이 들고 어려움이 있을 때마다 우리 부부는 갑사에 가서 함께 예불하고 위로도 받았다. 갑사는 우리 부부의 삶에 용기를 주고 새로운 희망을 안겨 준 절이다.

나는 산에 오르는 것을 좋아해서 바쁜 중에도 등산을 자주 했다. 그러나 아내는 전혀 등산의 경험이 없었던 관계로 비지땀을 흘리며 힘들어 했지만 결국 우리는 계룡산 정상까지 오르는 데 성공했다. 아내가 계룡산 정상을 오르기는 난생 처음이다.

계룡산을 오르는 도중 용문폭포에서 시원하게 쏟아지는 폭포수 아래에서 입을 벌리고 맑게 흐르는 깨끗한 청정수 한 모금을 들이켰다.

공해로 찌들어 수돗물도 마음놓고 먹지 못하는 도시생활에서 벗어나 마시는 이 폭포수 한 모금은 가슴 속까지 시원하게 만드는 청량수였다.

정상에 오르는 도중에는 동전을 던져서 소원 성취를 비는 연못이 있는데 이곳에 이르러 아내는 둘째 여식아의 혼사를 소원

계룡산 갑사에서 문화재 25호로 지정된 철전주 앞에서 우리 부부는 옛 조선들의 슬기와 지혜에 감탄을 했다.

하며 동전을 던졌다. 아내에게는 다른 소원도 없지 않으련만 자식의 출가를 안타까운 마음으로 기원하는 부모의 심정은 하늘이나 알 일일 뿐, 자식들은 부모의 심정을 알 턱이 없는 일이기도 하다.

산등성이에 오르는 도중 낯선 젊은 친구들을 만났는데 그들이 '공짜'를 알아보고 반기며 함께 나눈 시원한 막걸리 한 잔과 오이 한 쪽이 그토록 맛이 있을 수가 없었다. 사인지가 준비되지 못한 그들의 성화에 못 이겨 입고 있는 옷과 모자에 사인을 해주었다.

하산하는 길에 높이가 845m나 되어 문화재 25호로 보호받고 있는 철전주에 이르렀다. 철전주는 전국에 3곳이 있는데 그 중의 하나로서 옛날 신라시대 때 만들어진 전주탑으로 당시의 문화와 우리 조상들의 지혜와 슬기가 담긴 유물이다.

계룡산 등정을 마치고 내가 자란 내 고향 경천리에 들어서니 소식을 듣고 기다리던 사촌 형님(김만경)을 비롯하여 동네 어른들과 아주머니들이 모두 반색을 하며 환영을 해주었다. 모두들 함께 이웃 정을 나누던 포근한 정감과 다정스런 인정은 고향을 떠나 오랜만에 찾아온 나를 반겨주어 나는 무척 고무된 기분이 되었다. 노모(계모) 역시 반갑게 맞아주며 머리에 손을 얹어 공짜 흉내를 내는 모습에 한바탕 폭소도 터졌다.

형님 내외분은 이날 나의 귀향을 위해 푸짐한 음식을 준비하여 모처럼만에 조용하던 내 고향 경천리가 웃음소리로 가득하기도 했다.

과연 내가 자란 고향이 좋기는 좋았다.

食(밥) 공짜 한 토막

옛날 글 깨나 쓰는 학자가 있었다.

이때만 해도 어려운 때였고 따뜻한 밥 한 그릇 먹기도 힘든 때의 옛날 얘기 한 토막이다.

이 학자의 집에 친구가 방문하여 세상 돌아가는 얘기를 나누다 보니 식사 때가 되었다.

그런데 문제는 며느리 쪽이다. 시아버님 친구분이 오셨으니 밥상을 올려 대접해 드리는 것이 당연한 일이지만 양식이 귀한 때이라 밥 한 그릇이 아까웠다.

궁여지책으로 이 며느리는 밥상을 올려야 할지, 그만두어야 할지 몰라. 시아버지에게 음어문자로 여쭈어 봤겠다.

"人(인) 良(양) 卜(복) 一(일) 하오리까?"

이 말의 글자를 모으면 食上(식상)이 된다. 즉, "밥상을 올리오리까?" 하는 얘기가 된다.

며느리의 이 말에 시아버지 왈!

"月(월) 月(월) 山(산) 山(산)거든 올려라."

이를 합하면 朋(벗 붕) 出(떠날 출), "친구가 가거든 밥상을 올려라"는 얘기가 된다.

이쯤 되면 그 친구가 알아듣지 못할 것으로 생각했는데, 그 친구에 그 친구란 격, 옛말 그대로 역시 이 친구도 문자 깨나 쓸 줄 아는 친구렸다.

며느리와 시아버지의 음어를 듣고 이 친구 가라사대,

"丁(정) 口(구) 竹(죽) 天(천)이로다"라는 말로 받아쳤겠다. 이를 합하면 "可(옳을 가) 笑(웃음 소). 가히 우습도다." 안할 말로 "아니꼽다"라는 대꾸의 말이 된다.

우리들의 옛 글자 한자 하나에도 이런 뜻이 담겨 있다.

KBS TV '아침마당'에 출연

KBS의 TV프로 가운데 매일 아침 8시 30분부터 1시간에 걸쳐 방송되는 생방송 '아침마당'에 초청되어 이상벽, 이금희 아나운서 등과 함께 대담을 나눈 바 있다. 물론 '공짜'의 인기여세로 시청자들의 반응이 상당히 호의적이어서 KBS 기획에 의하여 초대된 것이겠지만, 일개 계룡산 지게꾼으로 출발하여 황막한 서울에 안주, 공덕동에서 리어카 행상을 거쳐 과일가게 경영에 이르고, 방송엔 엑스트라(첫 출연은 스님 역) 출신으로 얼굴도 잘 생기지 못했고, 뚜렷한 기술도, 학력도 없는 내가 KBS '아침마당'에 출연한다는 것은 솔직히 더 없는 영광이다.

오랜 경륜과 재치로 유머스럽고 깔끔하게 이끌어 가는 MC 이상벽 씨의 진행에 관한한 노하우는 과연 달인의 경지여서 나 자신이 아주 편안하게 답변의 시간을 보냈다.

물론 나는 이 자리에서 계룡산이 있는 공주에서 서울로 상경한 과정과 행상을 거쳐 엑스트라 출연, 그리고 016 CF에서 '공짜가 좋아'와 '나도 몰러'로 일약 스타덤에 오를 수 있었던 과정을 밝혔다.

KBS 아침마당 「목요초대석」에 출연 "내가 왜 떴는지 나도 잘 몰~러" 방영
프로 사진.

　이금희 아나운서의 '못생겼다'는 얘기를 들을 때 기분이 나
쁘지 않느냐는 질문에, 못생긴 것을 못생겼다고 하는데 무엇이
기분 나쁘냐고 내 생각 그대로 대답해 주었다. 하긴 코미디의
황제로 한 시절을 풍미했던 이주일 선배도 '못생겨서 죄송합니
다'라는 이 한 마디로 더욱 인기가 상승하는 요인이 되기도 했
다. 오히려 잘 생기고 특출한 학력이나 출중한 기술의 소유자
였다면 어찌 오늘의 이런 복을 누릴 수가 있었겠는가?

　이상벽 MC의 '공자아저씨는 친근한 이웃집 아저씨와도 같
은 이미지가 인기를 얻게 한 요인이다'라는 말은 오늘의 내가
있게 된 현실이 훌륭한 인격자이라서 영광이 있음이 아니요, 오
직 서민층, 최하위의 인생 밑바닥에서 거짓 없고 가식이 없으
며 거품이 없는 순수한 나의 모습 그대로를 많은 이들이 호감
과 관심을 갖고 보아준 때문이리라.

　이날 나는 더욱 겸손하고 친절한 이웃이 되어 소외된 자들을

위하여 더욱 노력할 것을 다짐하기도 하였다.

나는 각 방송국의 각종 프로그램에 출연하면서 항상 자만하지 않고 겸손할 것을 다짐하곤 했다. 마음을 낮추면서 '벼는 익을수록 고개를 숙인다'는 진리를 다시금 되새기고 어려운 이웃을 도우며 살 것을 다짐했다.

"觀相不如心性이며 心性不如勇心이니라" (관상불여심성이며 심성불여용심이니라)

"얼굴이 잘났어도 마음 좋으니만 못하고 마음이 좋아도 행동과 씀씀이를 잘하여야 하느니라."

이날 KBS에서 사전에 방영한 고향 공주 금의환향을 통해서 다시 한번 내가 자란 내 고향 전경을 통해 나 김상경을 돌아보는 계기가 되었다고 생각된다.

실직, 실명한 택시 운전기사 아저씨

SBS 행복 찾기, 이 프로에서 '돈 잘 쓰는 법'이라는 프로에 내가 리포터로 직접 뛰었다.

방송사에서 매주 1백만 원이라는 거금을 받아 들고 전국을 돌면서 많은 사람들이 어려움에 처해 있다는 사실을 목격하면서, 나 역시 남다른 고생을 해본 사람이라 그들의 고충을 피부로 느꼈다. 그리고 안타까움은 '나도 그들에게 도움을 주며 삶을 살아야겠다'는 다짐을 수없이 해 왔다.

첫 번째 대상자는 어려운 사람 중에 연탄도 없어 추운 겨울을 냉방에서 지내는 불우한 사람을 찾아 도움을 주는 작업이다. 그런데 막상 불우한 사람을 찾는다는 것도 용이하지 않았다.

옛말에 '개똥도 약에 쓰려면 없다'는 격으로 우리 사회에서 돈 1백만 원이 없어 병원 입원은커녕 약 살 돈도 없는 불우한 사람들이 적지 않으련만, 꼭 이 돈이 필요하고 이 돈으로 큰 보탬이 될 법한 불쌍한 사람을 찾기가 여의치 않았다.

이 프로 리포터로 이 골목 저 골목을 누비며 점포상이나 노점상들에게 빈궁한 속에서도 삶에 희망을 갖고 꿋꿋이 살아가는 사람들을 수소문할라치면, 저마다 자기가 불우한 사람이라고 자처하며 "두 아들 고등학교에 보내는 것이 어렵다." "너무 생활에 쪼들려 무인도로 도망가고 싶다"는 둥 우리들이 찾는 그런 사람을 소개시켜 주기는커녕 "공연히 고생하고 다니지 말고 진작 나에게 적선하라"는 식으로 오히려 떼거지를 쓴다.

더욱이 이 돈을 전달하는 기한이 70시간 이내인지라 마음이 조급한 것도 사실이다.

이 일로 해서 새벽부터 일어나 청과시장을 들러 그날 팔아야 할 싱싱하고 맛 좋은 놈으로 골라서 들여 놓고 서둘러 나갈 양이면 아내의 볼멘 목소리가 내 발등을 찍어누른다. '과일이나 팔라'며 심드렁하게 내뱉는 아내의 심기가 영 편치 않아 보인다.

하긴 가게도 돌보지 않는 남편이 무척 야속스러울 것이다. 과일가게라고 점원을 두고 장사를 하는 것도 아니고 우리 두 내외가 함께 이어오는 장사이다 보니 내가 바깥일로 자리를 비워 두게 되면 아내의 몫은 두 곱으로 불어나 내가 비운 자리를 메꿔야 하기 때문에 핀잔을 받아 마땅하다.

그러나 내가 어려웠던 시절, 누구에게도 도움을 받을 수가 없어 혼자서 고달프게 이겨 나왔던 나의 가슴에는 도움을 필요로 하는 사람을 찾는 것이 과일가게 장사보다 급선무였다.

아내의 푸념은 여기에서 끝나지 않는다. 지난날 산동네에서 살고 있을 때, 그때는 50만원만 있으면 전세방 하나라도 얻어 살 수 있었는데 촬영이다, 방송출연이다 바쁜 것도 좋지만 그때의 어려운 생활을 생각해서라도 장사에 신경을 써 달란다.

물론 방송출연으로 출연료가 들어오기는 해도 과일 장사만큼은 되지 못하니 아내의 볼멘소리는 어쩌면 당연한 것이다.

그러나 이런 아내의 소리에 주저앉을 내가 아니다. 과일가게는 아내에게 맡겨두고, 두 눈 질끈 감고 거리에 나선 것이다.

남들은 이런 속도 모르고 'CF로 떴으니 이제 과일가게는 집어 치우라'고 농담인지 악담인지 하루에도 몇 번씩 해댄다. 하지만 생활에 변동이 있다고 해도 내 자신이 변한 것은 없다. 20년 넘게 새벽 4시면 일어나 청과시장을 들르는 일과는 중단 없이 계속된다. 청과물 시장에 리어카 보관소 아저씨는 '당신이 제일 부지런하다'며 놀라워 하지만, 이런 말에 내 대답은 항상 똑같다.

"항상 일찍 일어나는 새가 모이를 더 주워 먹는다."

내게는 다른 무기가 없다. 기술이 있는가? 그렇다고 학력이 있는가? 그저 성실한 자세로 열심히 노력하는 자세만이 나에게는 자본과 재력이 되는 큰 무기일 뿐이다.

이곳 저곳을 알아보다가 시장에서 과일장사를 하던 이웃이 생각났다. 평상시엔 온순하기만 한 사람이 술만 먹으면 폭군으로 돌변하여 닥치는 대로 때려부수던 사람, 결국 부인이 도망가고 가족 모두가 뿔뿔이 흩어져 처량하게 장위동 어딘가에서 혼자 산다는 풍문이 생각나 전화번호를 찾아봤더니 안 보였다. 집사람이 혹시 알고 있지 않나 싶어 전화를 했더니 "그 남자 죽은 지가 언제인데 이제서 찾는 거냐"는 날카로운 아내의 볼멘소리에 솔직히 충격을 받았다.

사람의 생명이 이토록 허망한가 싶어 가슴이 아파 왔다.

결국 이리 뛰고 저리 뛰다 신림동 산동네에서 과거 운전기사였던 박준규씨를 만나게 되었다. 그는 운동부족으로 관절염에다 시력이 극히 약해 실직을 당하여 생계마저 위협받는 어려움에 처해 있었다.

사실 '꽃동네'라 불리어지는 그곳은 벼랑같이 높은 지대에다 게딱지처럼 허술하게 지어진 집으로 해서 모두가 어렵게 살고 있음을 암시하고 있었다. 박준규씨의 집도 집이라고 해야 허술한 것은 구차하게 설명할 필요도 없거니와 그나마 경매로 넘어가서 며칠 후면 집을 비워줘야 하는 어려운 실정이다.

부인은 이미 가출해서 없는 상태이고 엄마 대신 딸아이가 아빠의 뒷바라지를 하는 현대판 심청이라 할 만큼 효성이 지극했으나 집안 살림은 글자 그대로 두서 없고 질서가 없는 그런 생활 그대로였다.

박씨는 딸아이에게 일주일 동안 수제비만 끓여 먹여도 '아빠 맛있어요' 하며 투정 한번 하지 않는 착한 아이가 더욱 안쓰럽다며, 며칠 전에 용돈에 쓰라고 2천원을 주었는데 1주일이 지나도 그 돈을 쓰지 않고 가지고 있기에 '왜? 돈을 쓰지 않고 그냥 가지고 있느냐?' 했더니 이 갸륵한 딸아이가 '돈을 써 보지 않아서 못썼다'고 대답해서 가슴이 미어지더라는 말을 하였다.

이날 1백만 원의 기탁금을 그의 손에 쥐어 주면서 '방 얻는 데 보태 쓰라'며 전해 주었다.

돈은 모든 사람에게 필요하지만 이토록 절실하게 필요한 사람이 있기에 그 가치를 더할 수 있는 것이다. 그런 면에서 합당한 주인을 찾아 기탁금을 전해 주었다고 생각되어 가슴 뿌듯한 환희를 느낄 수가 있었다.

인천 야학교를 찾아

SBS 행복 찾기 리포터로 '돈 잘 쓰는 법'을 위해 서강대학교를 찾았다. 서강대학교 교정 한켠에서 학생들이 나를 알아보고 반색이다.

학생들에게 문의하여 '야학동아리' 사무실을 찾았다.

여기에 야학학교 자료가 있다는 사실을 알고 자료 수집차 방문한 것이다. 그러나 사무실 문은 꽁꽁 잠긴 채로 사람 그림자도 없었다.

어찌할 것인가? 그냥 돌아갈 수도 없고, 또 언제 사람이 올런지도 모르는 막막한 실태에 이러지도 저러지도 못하다가 그냥 그대로 주저앉아 기다리기로 했다.

어려운 때 남에게 도움받기도 힘든데 오히려 남을 돕는 일도 쉽지가 않다. 2시간 여를 기다린 보람이 있어 동아리회에서 자료를 얻을 수가 있었다.

전국의 야학교 명단이 수록된 자료집이다. 자료가 수집되었으나 어떤 곳으로 결정지을지 몰라 걱정하다가 마침 대중가수로 인기를 얻고 있는 가수 설운도 씨와 뜻을 함께 하고 둘이서 머리를 맞대어 고르고 고른 곳이 인천야학교였다. 먼저 설운도 씨가 현장을 둘러보고 확인절차를 밟은 뒤 그곳을 방문하기로 결정했다.

나 역시 지난날 고향에서 배우지 못한 서러움을 낮에는 농사일에 몰두하면서 소풀을 베고 나뭇짐을 지게로 져 나르면서 달래고, 밤에는 서당에 가서 못 배운 한을 풀어보려고 하였다. 그러나 그것도 50여일 밖에 다니지 못해 배움 자체를 중단해야만 했던 불우한 과거사를 지닌 전과자가 아닌가?

인천야학교는 예상했던 대로 시설이 취약한 배움터였다. 특히나 지체장애자들이 대다수인 학생들이 배움에 큰 뜻을 품고 밤늦은 시간까지 학구열을 불태우며 온갖 정성을 들이고 있는 곳이다.

교육과정은 고등학교 1학년 수준이었지만 검정고시에 이미 합격한 학생들이 대다수였다.

제일 먼저 눈에 띄이는 것이 헌 책상이다. 학생들은 '빵을 먹는 친구가 제일 부럽다'면서도 냉·온수기를 소원하였다.

설운도 씨와 나는 즉시 가구점에 들러서 비좁은 교실에 맞는 책상과 의자를 마련하였고, 남은 돈이 있어 라면 10박스를 매입하고 또 내 주머니를 털어 보태서 정수기까지 마련하여 야학교에 수송해 주었더니 모두가 그렇게 좋아할 수가 없었다.

이날 공짜를 감동시킨 것은 휠체어에 의지하는 장애의 몸으로 새로 들여온 정수기에서 생수 물 한 컵 받아 들고 '고생하시는 선생님께 시원한 생수 한 잔 드리고 싶었다'면서 자기를 가르쳐 주신 선생님에게 물 한 컵 대접하는 광경이었다. 이 아름다운 정경은 나 혼자 보기가 아까운 마음까지 들게 만들었다.

이 학생은 이렇게 도와주시는 얼굴 모르는 분들께 감사하다는 인사와 함께 컴퓨터 공학박사의 꿈을 이루겠다고 야망찬 포부를 밝히기도 하였다.

자식 이길 부모 있으랴!

　내 슬하에는 첫째 딸 지영이, 그리고 둘째 딸 지수, 막내 아들 지홍이 등 모두 3남매가 있다.

　나는 어려서부터 부모의 정을 받아 보지 못하고 자란 천추의 한을 내 자식에게 만큼은 부모의 정을 가슴에 듬뿍 안고 살아가도록 아끼고 사랑했다. 하기야 자신의 혈통을 이어받은 자식을 사랑하지 않는 부모가 어디 있을까만, 남들이 '자식 자랑은 흉이 된다'고 손가락질할 정도로 내 딴에는 끔찍이 사랑했고 애지중지 보살피며 살아왔다.

　가난에 허덕이며 풀빵장사를 하면서도, 또 호떡 한 개로 점심 끼니를 때우며 칼통을 짊어지고 높은 미아리 고개를 넘나들면서도 힘든 줄 몰랐고, 고달픈 줄 모른 것은 아무 탈 없이 자라주고 있는 세 자녀들이 있었기 때문이다.

　저녁에 피곤한 몸으로 집에 들어설라치면 어린 것들이 하루 종일 아빠를 기다리다가 반갑게 맞이하는 얼굴을 대하다 보면 하루의 고된 피곤도 말끔히 가셔지는 듯 즐거웠다. 마치 둥우리에서 먹이를 물어다 주기를 바라는 새끼들과 같았다.

공덕동 재개발로 새로 입주할 아파트 동·호수 추첨하는 날, 무척이도 붐비는 사람틈에 끼어 3년 후에 입주될 재건축 아파트 추첨에서 비교적 마음에 드는 동·호수가 결정되어 흐뭇한 마음으로 집에 돌아와 보니 출가했던 큰 여식이 모처럼만에 친정 나들이차 와 있었다. 같은 서울 하늘 아래에 살면서도 집안 살림에 쫓기다 보니 친정 나들이도 쉽지가 않은 모양이다.

그러나 큰 여식의 방문은 다른 의미가 있었다. 둘째 딸 지수가 오늘 캐나다로 영어공부를 하러 출국하였다는 얘기를 전해 주었다. 아비는 혼기에 맞추어 결혼성사를 독촉하였으나 딸아이는 혼기보다 청운의 큰 뜻(배움)을 고집해 왔다. 부녀간의 알력(?)을 결국 해외 유학길로 결정한 아이의 행위가 도저히 이해가 되지 않고 끓어 오르는 분노는 무엇으로 표현할 수가 없는 노여움으로 가득찼다.

결혼은 부모를 위함이 아니고 당사자의 문제인 것만은 사실이다. 그러나 제 아무리 당사자 위주일지라도 키워준 부모를 배신하고 외국으로 출국해 버린 것은 솔직히 용서가 안 되었다.

세상에서 어느 못난 부모들도 자식 잘못되기를 바라는 부모가 있겠는가? 모두 저 잘 되라 걱정해 주는 것인데 이해 못하는 자식의 행위에 번뇌와 자괴감까지 들기도 하였다.

나는 부모 잃고 고아원, 재활원에서 부모를 그리워하는 안타까운 모습을 수없이 보아 왔다. 지체장애자들이 그 어려운 장애의 컴플렉스를 넘어 힘들고 어려운 환경 속에서도 티 없이 자라나는 불우한 아이들의 현실을 눈으로 확인하였다. 그런 아이들에 비하면 내 자식들은 행복한 환경이었고 남부럽지 않은 여건 속에 자라 왔음은 자타가 인정한다.

그 날 저녁 잠을 청해도 잠이 오지 않았다.

'부모일지라도, 내가 낳은 자식일지라도 내 마음대로 할 수 없는 것이 자식이다'라는 번뇌에 마음이 솔직히 아팠다.

'자식 이기는 부모 없고 자기가 낳은 자식일지라도 부모 마음대로 하지 못한다'는 현실을 깨닫게도 되었다. 자식도 나중에 결혼해서 자식 낳아 키워 보면 부모의 마음을 이해할 때가 있겠지(?) 자위하며 내 마음을 달랠 수밖에 없었다.

5

사랑의 카네이션

- 효찾아 삼천리(경북 청도편)
- 효찾아 삼천리(경북 봉화편)
- 효찾아 삼천리(충남 홍성편)
- 효찾아 삼천리(전남 목포편)

예부터 '부모님께서 살아 계실 때 효도하라'는 말이 있다. 돌아가신 후에 땅을 치며 후회한들 이미 떠나가신 부모님은 다시 오시지 않고 영원히 뵈올 수 없는 것이다.

홍성에서 전해 내려오는 이 이야기는 두 형제가 성공하고 고향에 돌아왔지만 부모님이 돌아가신 후라 불효막심을 후회하며 참회의 눈물을 흘린 슬픈 사연의 이야기다.

진실로 부모가 살아 계실 때 정성을 다하는 효행을 이행해야 할 것이다.

나는 3살 때 어머님을 잃고 효도 한 번 해보지 못한 안타까움에 오래 사시는 노부모님들과 성심으로 모시는 그 자손들의 생활을 가장 부러워한다. 노부모를 모시는 자녀들을 볼 때마다 어머님이 생각나 눈물을 흘린 적이 수없이 많다. 어머님이 살아 계신다면 진수성찬으로 봉양은 하지 못한다 할지라도 행복한 삶을 꾸며 드릴 수가 있다는 안타까움에 남 모르게 몸부림친 일이 한두 번이 아니다.

부디 부모님이 살아 계실 때 효도하는 것을 잊지 말고 이행할 것을 진실로 당부하고 싶다. (본문 중에서)

효찾아 삼천리(경북 청도편)

나는 근래 CF 출연과 초청 받은 행사장 등, 그리고 필요에 의하여 만나기를 청하는 주변인들과의 접촉 등으로 비교적 짜임새 있는 시간을 보내면서 KBS에서 매주 토요일 오전 11시에 방영되는 '사랑의 카네이션' 〈효찾아 삼천리〉 코너에서 변사 역으로 출연하고 있는데 때로는 대본에 의하여 산신령 등으로도 출연하여 1인 2역을 소화하고 있다.

이 프로는 우리나라의 효 정신을 기리는 '효찾아 삼천리' 시리즈로 전국 방방곡곡을 뛰어다니면서 우리 옛 선조들이 부모를 섬기는 지극 정성의 효행을 찾아 기리고 전설로 이어져 내려오는 이야기를 극화(劇化)하여 이 시대의 모든 사람을 일깨우는 교양프로이다. 아직까지도 동방예의지국으로서 우리 민족 고유의 전통을 계승보존하고 부모에 대한 효행심을 고취시켜 국민적 자긍심을 진작시키는 데 일익을 담당하리라 기대한다. 이런 관점에서 국민적 공감대 형성을 위한 취지로 시대의 변화에 따른 효행심을 함양하기 위함이 프로의 목적이 된다.

이 프로에서 나는 해설을 겸한 변사로서, 또한 극중의 산신

사랑의 카네이션 '효찾아 삼천리' 경북 청도편에 산신령으로 분장 출연한 나의 모습.

령으로 출연하여 효행에 관한 범국민적 인식 개선에 기여코자 노력하였다.

'사랑의 카네이션' 금주의 〈효찾아 삼천리〉는 경북 청도에서 촬영이 진행되었으며, 2년 전부터 시작된 이 프로는 시청자들의 열화와 같은 호응으로 인기리에 방영되는 장수 프로중의 하나이다. 따라서 나도 경북 청도에서 촬영팀과 함께 생활하였는데 나로서는 청도 땅을 처음 밟아본 것이기도 했다.

경북 청도는 유수한 경치로 잘 알려져 있고 산이 높고 물이 맑아 인심도 후덕한 고장이며, 소싸움으로도 유명한 곳이다. 낮 시간, 특히 점심시간에는 취나물, 두릅나물, 약초로 담근 식혜 등 진수성찬으로 소갈비 맛에 비할 바 없이 맛이 있다. 우리 농산물로 조리된 자연식 메뉴는 공해 없는 청정한 음식을 위주로 우리들 입맛에 딱 맞았을 뿐 아니라 내가 먹어 본 음식 중에서 무척이도 인상 깊었던 음식으로 기억에 남는다.

옛 선조들의 덕담이 생각난다.

"밥은 봄같이 먹고, 국은 여름같이 먹으라" (밥은 따뜻하게, 국은 뜨겁게 먹으라는 뜻)

이날 저녁에는 동네 사람들이 마을 회관에 모여서 다정한 이야기로 이웃간의 정을 나누었다. 동네에서 일어나는 사사로운 사건이나 소식, 걱정거리, 농사정보 등 허심탄회한 대화 속에서 서로간의 정담을 나누는 포근한 농촌 인심이 물씬 풍겨 나와 감미롭게 느껴졌다. 나도 농촌 출신으로 총각 때 지금의 동네 회관인 사랑방에서 새끼 꼬며 노래를 부르던 일들이 주마등처럼 스쳐 지나갔다.

오늘날의 대도시 생활이란 것이 닭장 같은 아파트에 길들어져 있어 이웃 간에 정을 나누는 것을 잊고 있다. 콘크리트로 둘러싸인 공간, 위·아랫층은 물론이고 바로 옆집에 거주하는 사람의 얼굴이나 이름도 모르고 지내는 것이 현실이다.

그런데 포근한 정감이 오가는 시골 풍경, 이웃 간에 정을 나누는 교감이 한 폭의 풍경화를 보는 듯해 감격스러웠다.

"네 이웃을 사랑하라."

성인 군자의 말을 구차하게 인용하지 않아도 이웃사랑, 나라사랑은 아무리 강조해도 지나치지 않을 것이다.

효찾아 삼천리(경북 봉화편)

경북 봉화에는 아주 오랜 옛날, 가난한 청년이 홀어머니를 모시고 어렵게 살고 있었는데 이 청년의 효심이 어찌나 지극하던지 동네 사람들은 물론, 산신령의 마음을 움직이는 감동을 안겨 주었고, 마음씨 고운 호랑이 각시를 만나 애절한 사랑을 나누었다는 소설과도 같은 전설이 내려오고 있다.

여기에서 우리들이 주목할 사항은 비록 전설로 내려오는 하나의 이야기에 불과한 것이지만 '지성(至誠)이면 감천(感天)'이라는 평범한 진리를 통해 효의 근본을 가르치며 오늘의 우리들 모두에게 경각심을 일깨워 주는 일이 될 것이다.

이 프로에서 나는 처음에는 변사로 출연하고 다시 전설 극중에는 산신령으로 분장하여 출연함으로써 1인 2역을 소화하는 연기자로 활약하였다.

촬영이란 본시 시도 때도 없이 진행된다.

한 장면을 위해 심할 경우 5시간이나 되풀이 될 때도 있는데 이럴 경우 연기자나 스탭진 모두가 파김치 상태가 되지만 그래도 촬영에 임하는 사람들 모두가 즐겁다고 한다.

'효찾아 삼천리' 경북 봉화편에 산신령으로 분장한 공짜가 아닌 산신령 모습.

　밤늦게까지 촬영을 마친 일행의 서울 도착시각은 꼭두새벽 2
시이다.

　촬영 때 흔히 있는 일이지만 나는 몸이 피곤할 줄 몰랐다.

효찾아 삼천리(충남 홍성편)

　　홍성은 충절의 고향이다. 조선시대 어린 단종을 위해 목숨을 바친 사육신 중 한 분인 성삼문이 태어난 곳이다. 또 저물어 가는 고려를 마지막까지 지키다 이성계에게 처형당한 최영 장군이 태어난 곳이기도 하다.

　　그리고 일제의 압박 속에서 조국의 광복을 위해 불굴의 투지로 독립운동에 실질적인 성과를 올린 청산리 전투의 김좌진 장군과 독립선언문의 공약 3장을 쓴 한용운 선생을 탄생시켜 이 나라의 독립운동에 초석을 다진 곳이다.

　　나는 홍성에서 김좌진 장군의 생가와 한용운 생가에서 '효찾아 삼천리, 충청도 홍성편' 촬영을 마쳤다.

　　우리 선조들 중에 이러한 독립투쟁의 영웅과 위인들이 있었음에 오늘날 우리가 안위 속에 평온한 삶을 이어가는 줄로 생각한다.

　　이들은 죽음도 두려워하지 않고 나라와 민족을 위해 목숨을 바친 훌륭한 분들이다.

　　나는 그 분들의 숭고한 정신을 기려 경건한 마음으로 머리 숙

'효찾아 삼천리' 충청도 홍성편에는 충청도 양반의 관으로 출연한 모습이다.

여 참배하였다.

오늘날 우리나라가 선진국 대열에 한 발짝 들여 놓을 수 있는 것은 앞서 가신 수많은 선조들의 조국수호의 정신과 자주독립을 위해 자신의 몸을 불태운 숭고한 정신 때문이다. 이에 우리들 모두는 경건한 자세로 고마움을 잊지 말고 후손들에게 부끄럽지 않은 역사를 이어가도록 노력해야겠다.

예부터 '부모님께서 살아 계실 때 효도하라'는 말이 있다. 돌아가신 후에 땅을 치며 후회한들 이미 떠나가신 부모님은 다시 오시지 않고 영원히 뵈올 수 없는 것이다.

홍성에서 전해 내려오는 이 이야기는 두 형제가 성공하고 고향에 돌아왔지만 부모님이 돌아가신 후라 불효막심을 후회하며 참회의 눈물을 흘린 슬픈 사연의 이야기다.

진실로 부모가 살아 계실 때 정성을 다하는 효행을 이행해야 할 것이다.

　나는 3살 때 어머님을 잃고 효도 한 번 해보지 못한 안타까움에 오래 사시는 노부모님들과 성심으로 모시는 그 자손들의 생활을 가장 부러워한다. 노부모를 모시는 자녀들을 볼 때마다 어머님이 생각나 눈물을 흘린 적이 수없이 많다. 어머님이 살아 계신다면 진수성찬으로 봉양은 하지 못한다 할지라도 행복한 삶을 꾸며 드릴 수가 있다는 안타까움에 남 모르게 몸부림친 일이 한두 번이 아니다.

　부디 부모님이 살아 계실 때 효도하는 것을 잊지 말고 이행할 것을 진실로 당부하고 싶다.

효찾아 삼천리(전남 목포편)

　서울에서 먼 거리의 항구 도시 목포에 촬영을 위해 가게 되었다.

　아직 어둠이 걷히기 전인 새벽 5시, 사랑의 카네이션 촬영팀과 PD, 그리고 출연자 일행이 새벽공기를 가르며 '영산강 유달산' 노래로만 듣던 목포를 거쳐 강진 현장을 향했다.

　강진은 고산 윤선도 선생 유적지가 있는 곳이다.

　윤선도 선생 유적지에는 500년의 연륜을 가진 은행나무와 300년 된 노송, 그리고 530년이 된 윤선도 선생의 생가가 있다.

　이곳에서 후손들이 20세손을 이어오며 선생의 유덕을 기려왔다.

　전통 한옥으로 오늘의 사회에서 시멘트와 아스팔트 천지 속에서 살아온 현대인들에게 귀감이 되는 관광명소로 유명한 윤선도 선생의 생가(生家) 현장을 한 번씩 둘러보기를 권하고 싶다.

　우리 후손들은 선조의 유적이나 유물을 잘 보존하고자 최선의 노력을 하여야 할 것이다.

고산 선생이 지나온 정결하고 결연한 삶을 우리는 배우고 따
라야 한다.

또 경로효친 사상을 젊은 세대들에게 전수하고 일깨워 주어
야 한다.

효의 참다운 진리를 뼈속 깊이 깨닫게 해준 촬영이었다.

6

공짜아저씨 세상나들이

- 공주 치료감호소 위문공연
- 말 없는 내조, 스타의 아내
- 신월동 갱생원 방문
- 전방 1271부대 장병 위문공연
- 도예가 열우(烈佑) 김기순(金基舜) 선생
- 나, 김상경은!

　나는 항상 빚진 자의 마음으로 살고 있다. '공짜'가 무엇이 훌륭한가? 보잘것 없는 나! 김상경을 반갑다고 환대해 주는 수많은 국민들의 성원에 몸둘 곳을 찾지 못했으며, 공짜에 대한 수많은 팬들이 전국 방방곡곡에 널려 있다는 생각에 고마운 마음을 금하기 어려웠다.

　이는 내가 잘 나서 그런 것이 아니요, 내가 훌륭해서 그런 것도 아님을 나는 잘 안다. 미거하고 보잘것 없는 나를 알아주는 팬들의 성원과 후원은 모두 하늘의 은총이며 조상님들의 음덕이고 또한 나를 키워 주신 고마운 주변인들의 도움 때문이다. 나는 그들 속에 파묻혀 행복한 시간을 보내면서도 '그렇다. 내가 저들에게 보답을 할 수 있는 것은 더욱 봉사하며 선한 삶을 보여주고, 그들에게 진 빚을 갚아야겠다'는 다짐만이 더욱 사무치게도 한다.

　서산에 넘어가는 저녁 노을 햇살처럼 내 인생도 저물어 가지만 나도 조금이나마 봉사활동을 하겠노라. (본문 중에서)

공주 치료감호소 위문공연

충남 공주는 내가 자란 고향이며 내 잔뼈가 굵은 곳이기도 하다. 충청도 양반 고을은 유독 보수적 사상이 지배적인 곳이기도 하면서 인심이 좋고 유적이 많은 곳이다. 그리고 관광명소가 많기로도 유명한 곳이다.

그러나 이번에 공주를 찾는 것은 촬영관계가 아니다. 환경보호연예인협회(회장 용수택)에서 주최하는 공부 치료감호소 위문공연을 위해 인기 연예인들과 KBS 악극단 및 유명 인사와 함께 방문하게 된 것이다.

공주 치료감호소는 마약사범을 처벌 위주가 아닌 치료보호 차원에 그 설립 취지와 목적을 둔 곳인데 공주 치료감호소가 위치해 있는 장소부터가 예사롭지 않은 명당자리이다.

깊은 산 속에 시설되어 있는 공주 치료감호소의 주변을 둘러싼 금계포란형(닭이 알을 품고 있는 형태)으로 병풍처럼 둘러싸인 산이 수용자들에게 기를 불어넣고 있다. 무엇보다도 찌든 공해가 없는 맑은 공기에 산이 높아 계곡에 흐르는 물은 청정수로 내려오는 물을 그대로 받아 마셔도 오염이 되지 않아 얼음같이 시원한 맛은 가슴 속까지 짜릿한 신선감으로 전해져 오기도 한다. 또한 시설은 최첨단 현대식 건축공법을 동원하여 건설됨으로써 과학적이고 예술적인 아름다움을 뿜어내고 있었다. 이곳에 수용되어 있는 마약사범들의 정신개조와 심신휴양을 통하여 그 무서운

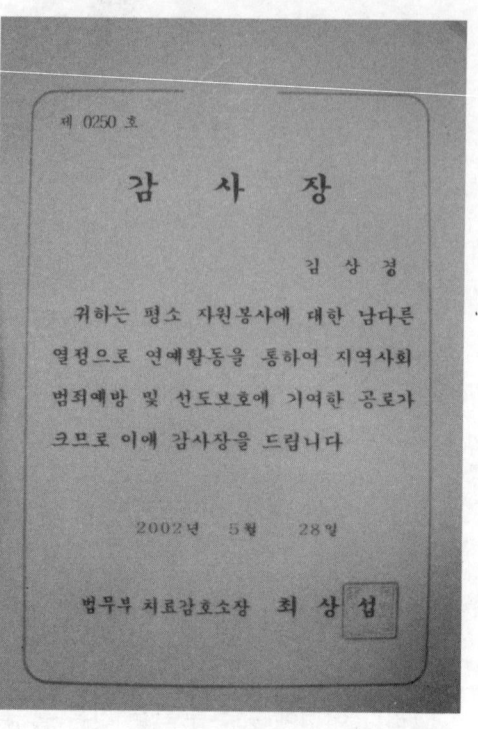

마약중독증세로부터 단절의 효과를 거둘 수 있는 훌륭한 곳이었다.

　이날 법무부 관계 공무원을 비롯한 수많은 내빈들을 모신 자리에서 공주 치료감호소에 수용되어 있는 수용자들의 재기를 돕고 개선된 삶을 고취시키기 위한 인기 연예인들의 공연은 많은 찬사와 환호 속에서 거행되었다. 열화 같은 반응을 받으면서 공주 치료감호소 수용자들의 열렬한 환영 속에 무사히 마친 우리 일행들은 수용자들의 재기와 새로운 삶을 기대하고 격려하면서 발길을 돌렸다.

말 없는 내조, 스타의 아내

하루 아침에 예고도 없이 남편이 스타로 각광받게 되어 KBS, MBC, SBS, 그리고 교육방송 불교방송국은 물론, 신문사, 잡지사 기자들이 몰려와 취재하고 또 인터뷰 열풍으로 정신 없는 지경에 이른다면 그 아내의 심정은 어떨까?

결혼 후 지금까지 변변한 선물 하나 받지 못한 아내는 그래도 성실하고 부지런한 남편이 든든하단다.

가난하고 어려웠던 신혼 초의 농촌생활, 그리고 남편 하나만 믿고 서울까지 따라와 숱한 고생과 갖은 고통을 감내하면서 오늘까지 옆 자리를 지켜온 아내에게 감사의 마음을 전한다.

생활에 여유가 없어 변변한 선물 한 번 해주지 못했지만, 그래도 호주이며 가장인 나를 신뢰하고 내조해 온 아내의 표정 없는 정성이 없었던들 어찌 오늘의 나! 김상경이 존재할 수가 있었겠는가.

고목나무에 늦게 핀 지각 인생이라고 하지만 인생 칠부 능선에 이르러 방송국 출입을 하면서 생활에 활력을 찾고 있다. 이제 만인이 오랫동안 기억하고 영원히 생각해 주는 연기인이 되도록 노력하겠다.

우리 민요 〈강원도 아리랑〉에 이런 소절이 있어 소개해 본다.

신랑 신부 스무살 줄에 서로 좋아 살고
설흔살 줄에 눈코 뜰 새 없이 바빠 살고
마흔살 줄에 서로 버리지 못해 살고
쉰줄에는 서로가 없이는 못살고
예순 줄에는 살아 준 것이 고마워 살고
일흔 줄에는 등 긁어 줄 사람 없어 산다.

신월동 갱생원 방문

　사회 적응력이 부족한 출소자들이 모여 재활프로그램에 따라 사회 적응력을 키우는 곳이 있다. 이른바 '교도소와 사회를 이어주는 다리' 역할을 소명으로 이행하는 서울 양천구 신월동 소재 갱생원(지국장 예명순)을 한국갱생원보호공단 서울연예인협회(회장 김진오)의 주최로 위로방문차 찾아갔다. 탤런트 김경애 교수와 연애인협회 일부 가수들의 참석으로 이들의 생활에 청량제 역할을 하였으며 위축된 생활에서 사기를 진작시켜 미래에 희망을 갖게 하였다.

　갱생원은 전국 17개소에 서울지역만 해도 은평구출장소(남자)와 송파구출장소(여자)에서 구별 수용하고 있는데 교도소 출소 후 거취가 불분명하거나 사회의 적응력이 필요한 수용자들에 대하여 숙식제공과 직업알선 등으로 도움을 주고 있는 교도소 출소자 재기의 기관이다.

　갱생원 수용 실태는 재범 가능 확률을 줄이고자 인성교육도 하고 직업훈련도 시켜 사회적응을 순조롭게 하고 있어 가시적인 효과를 상승시켜 재범률이 1%에 그치는 다대한 성과를 거

신월동 갱생원은 교도소 출소자들의 재활과 삶을 도와주는 정부기관이다. 이곳
을 방문하여 그들에게 새로운 의욕을 불어 넣어 주는 노력도 곧 "공짜"의 사
명이다.

두고 있다고 하며, 국민들의 생업 보호와 함께 이들의 사회 적
응도 훈련을 통해 순조롭게 진행하고 있어 기여도가 큰 것으로
나타나 있다.

수용생활 1년만에 성실한 재기의 노력으로 1천 5백만 원을
저축한 수용인도 있으며, 평면 미장기술 등 특수기술 기능 취
득 등으로 성공하는 사례가 30명중 1명 정도의 효과도 거두고
있다고 한다.

이곳에서는 음주가 금기사항으로 정한 수칙이 있으며 이들의
재기를 위해 저축을 장려하고 있기도 하다. 갱생원 출소 후 자
립의식 고취에 열과 성을 다하는 모습은 비록 공무업무의 일부
분에 지나는 일이라고 하겠으나 불행한 전과자들의 재기를 돕
고자 노력하는 모습은 존경스럽다고 아니할 수가 없다.

이날 우리 일행은 선물로 가져온 과일과 고기로 그들에게 양껏 포식시켜 주었고 밤늦은 시간까지 이들과 함께 노래 공연으로 즐거운 시간을 가졌다. 그러나 이날 공연에 참석한 수용자들의 참석수는 미미할 뿐 아니라 그나마 참석한 이들의 표정이 과히 밝지 않아 자신들의 불우한 처지를 비감하는 듯한 분위기여서 나 자신이 무척이나 서글픈 생각이 들어 가슴이 답답하기도 했다.

전방 1271부대 장병 위문공연

　한국연예인협회 불자회 소속 '나가자불자회' (회장 오세중) 및 청계사 심우회(회장 묘련행), 그리고 강숙화 무용단을 비롯하여 탤런트 김대한, 장정국, 신원균 등을 포함한 연예인협회 가수, 탤런트 등 60여명에 이르는 대식구가 전방무대 위문공연차 강원도 철원 소재 육군 1271부대(부대장 장석우)를 방문하였다. 국토방위라는 국민의 신성한 임무를 다하기 위해 불철주야 경계의 눈초리에 조금도 소홀함이 없는 국군 장병들을 위문하기 위해 마련된 것이다.

　연예인협회 소속 불자회 '나가자'는 '나라를 위하고 가정을 위하며 자신을 위한다'는 깊은 명제를 담은 단체이다. 심우회 역시 석가의 자비정신과 진리를 받들어 사회와 국가를 위한 불자 회원들의 봉사단체이다. 특히나 이날의 행사를 추진한 김경애 탤런트(연대산공연 예술단 회장)의 숨은 노력이 돋보였다.

　이날 1271부대 장병들의 환영 속에 부대에 도착한 우리 연예인 위문공연단은 부대 연병장에 모인 6백여 명의 군장병들과 부대 이웃 민간인들이 지켜보는 자리에서 흥겨운 노래잔치 한 마당을 벌렸다.

　초하의 뜨거운 땡볕 아래에서 국군 장병들과 연예인들이 하나가 되어 춤과 노래로 풀어낸 여흥은 엄격한 군대 규율과 제한된 영내의 삶에서 노고가 많은 장병들에게 카타르시스가 되었으리라 생각된다. 비록 짧은 시간이지만 위문단과 군장병이 하나가 되어 함께 즐거운 시간을 공유할 수 있어 이날 위문공연의 참다운 의의를 찾을 수가 있었다.

　이곳에서도 '공짜'를 반기며 환호하는 장병들을 위해 나는 코미디 '이수일과 심순애'를 변사로 공연하였다. 또 노래를 비롯하여 내가 할 수 있는 모든 능력을 발휘하여 다 보여줬다.

　이날 위문단이 준비한 다양한 프로는 강숙화 무용단의 부채춤, 그리고 각설이 코미디 등 유익한 공연은 장병들에게 충분한 위로와 즐거운 시간을 주었다. 또한 공연을 통해 10여명의 장병들에게 부대장으로부터 즉석 휴가 승인을 받아 주기도 하

1271부대를 위문공연단과 함께 공연을 마치고 부대장의 기념패를 받은 김경애 탤런트와 연예인들이 함께 기념촬영으로 이 날을 기념했다.

였다.

나는 비록 젊었을 때 시력이 약해 귀향조치 되어 병영 생활은 못했어도 입영장병들의 애로와 고충을 누구 못지 않게 잘 알고 있어 장병들의 피부에 닿는 위로가 되고자 최선을 다했다.

한편 우리 일행이 마련한 선물(액자, 축구공) 증정이 있었고, 장석우 부대장은 '나가자' 오세중 회장에게 감사패, 그리고 '심우회' 묘련행 회장에게는 기념패를 각각 전달하여 군과 민의 화합을 다지는 계기를 마련하기도 하였다.

도예가 열우(烈佑) 김기순(金基舜) 선생

우리나라의 자랑인 전통 조선백자와 고려청자를 재연하는 데 오랜 세월을 도예문화 한 가지만 위하여 노력해 오신 도예가 우열 김기순 선생을 만날 수 있었음은 나에게 큰 영광이었고 보람된 일이었다.

도예예능 전공자이신 김기순 선생의 도예전시관을 찾아 그의 기능 전수의 활동을 둘러보고 2002년 월드컵 우승 트로피 모형작품을 보고 그의 섬세한 기술에 놀라워했다.

김기순 선생은 조선백자 계승을 위해 국내는 물론 일본(도쿄), 중국, 칠레, 브라질, 미국 포함 외국 순방 전시회를 개최하였을 뿐 아니라 동남아 순회 전시 등 우리 선조들이 이룩한 도예기능과 예술을 위한 화려한 전도사 역으로 활동을 하고 계시는 훌륭한 분이시다. 그의 모습에서 풍겨 나오는 조용한 인품과 겸손한 인격은 기능 기술 보유자답지 않았다. 그저 겸양의 몸가짐을 다시 돌아보는 존경의 마음이 앞섰다.

그가 도예 작품에 몰두한 지가 40여 년이나 되었고, 현재는 성동구 옥수동에 도예 전시회관을 마련하여 현대식 건물 전관 3층에 수많은 도예품이 전시되어 있어 방문한 나를 무척 놀라게도 하였다. 또한 김기순 선생의 화려한 기예 발자취를 확인할 수가 있어 감격과 감탄의 연속이기도 하였다.

특히나 열우 김기순 선생은 지역사회 발전과 사회봉사를 위한 남다른 헌신 봉사의 기록이 많았는데 그 중에도 전시회를 통한 수익금 전액을 쾌척하여 성동구 장애인을 위한 휠체어 80대를 기증하기도 했다. 또 작품생활로 여념이 없으신 중에도 지역사회 성동구의 행사에 적극적으로 참여하고 봉사하므로써 지역인들로부터 칭송과 존경을 받고 있기도 하다.

자신의 손으로 제작하는 도예작품이 마음에 들지 않고 또 작가의 의도에 벗어났을 때는 미련 없이 깨부셔 버리는 작가의 특성은 장인정신으로 점철된 한 차원 높은 예술의 경지라 생각된다.

지난 88년도 올림픽에는 도예로 호돌이 모형을 제작하여 화제를 모았던 김기순 선생이 금년 2002년 월드컵(우승컵) 모형을 도예로 제작된 작품은 진품 못지 않은 명작으로 나를 감탄케 해

주기도 하였다. 더욱이 도예 글씨와 도예 그림이 기본적인 사실임에 김기순 선생의 도예 솜씨 못지 않는 서체와 그림은 일류 화가 수준 이상의 것에 작품을 감상하는 나를 감명 깊게 해주었다.

우리 전통 백자와 청자 전수를 통하여 해외에 널리 알려진 우리 민족의 자랑스러운 솜씨를 국위선양에 기여가 되기를 기원해 보았다.

나, 김상경은!

구차하게 우리 민족이 지나온 지난날의 옛 이야기를 펼쳐 보자는 저의는 없다. 그러나 인생의 변천사를 돌아볼 때 더 없는 '격세지감(隔世之感)'을 느끼게 된다.

하늘에는 수십 개의 인공위성이 지구궤도를 따라 선회하면서 기상정보, 지형탐색 등을 제공해 주는 최첨단의 문명시대에 우리들이 살고 있다.

컴퓨터의 등장으로 가속화된 기술 개발과 발전은 각양각색의 각종 기계를 출현시키고 고속화 시대에 걸맞는 스피드 물품과 인간편리 위주의 시대로 변질되고 있다. 그러나 나는 이렇게 문명이기의 초고속 발전시대와는 달리 본시 촌부적이고 보수적 기질과 옛 고향을 그리워하는 전형적인 복고풍 성향을 지닌 성품이다.

아마도 나의 이런 시대에서 뒤떨어진 고전적 성품이 오히려 오늘의 인기를 누릴 수 있게 하는 지점에 놓이게 하는지도 모르겠다.

엑스트라는 대사 없이 PD들의 지시에만 의지하여 하라는 대

로만 하면 된다. 즉 몸으로 행동만 보여주면 땡이다. 그러나 CF 출연에서부터 방송 출연으로 폭이 넓어지면서 대사 대본을 들고 이를 암기하고 맡겨진 역을 소화해 내는 역을 감당해야 된다.

그런데 여기에 솔직히 애로사항이 있다. 인생 중반기를 넘어선 60대가 되고 보니 20, 30대의 젊었을 때의 머리와는 확연히 구분이 되어 암기에 고충을 느낀다.

또한 어려서부터 시력이 약하여 근접한 물체가 아니고 좀 떨어진 먼 곳의 사물은 전혀 식별이 불가능하다. 이런 나의 컴플렉스는 인사를 해도 못본 체하고 그냥 지나가는 경우가 생겨 거만스러운 이미지로 곡해되어 당황할 때가 종종 있기도 했다.

이번 기회를 통해 이러한 나의 본의 아닌 결례에 대한 오해가 없기를 당부한다.

나는 암기가 어렵다거나 문장이 길다고 짜증낸 일이 없다. 오히려 대본을 받아 보는 내 마음은 무엇보다도 무조건 즐겁다.

즐거운 마음으로 일하니까 어려운 것을 모른다. 하지만 인생 60을 접어도 내 나이탓인가? 대사암기에 고충을 느끼는 것은 사실이다. 그러나 대사암기에 어려움이 있다고 하더라도 결코 나의 노력은 적어지지 않을 것이다.

덕택에 내게는 시대적으로 신시대 패션감각보다는 우둔하고 고전적, 다시 말한다면 옛 고향 정취가 물씬 풍기는 그런 타입

이다. 옛날 어릴 적에 들어본 변사 목소리 흉내로 한 몫을 하고
있다.

하기사 근래에는 참 멋쟁이들이 최신식 패션보다 촌티나는 케
케묵은 고전풍을 오히려 즐겨 이용한다는 얘기도 들린다.

못생겼어도, 학벌이 없어도 오히려 이런 것들이 하나의 장점
이 되고, 기라성같이 훌륭하고 잘 생긴 현대적 인품을 소유한
자들의 인기세와는 다른 특이성이 인정을 받고 있는 것으로 사
료된다. 이것이 나! 김상경의 특색이라 말할 수 있을 것이다.

나는 가식과 허세의 거품을 철저히 배제한다. 항시 부족한 감
을 가지고 있는 나는 '나보다 남을 더 위하는' 내 가슴 속의 진
실과 인정받는 현실이 고마워 자세를 낮추려는 겸양적 마음으
로 산다. '이웃집 아저씨 같다'는 평과 '공짜아저씨 얼굴만 봐
도 웃음이 나온다'는 말은 나에게 최대의 영광스러운 말로 들
린다. 그리고 카메라 앞에서는 두려운 마음은 전혀 없고 마치
신들린 사람처럼 그렇게 신바람이 날 수가 없다.

나에게 특색 있는 것 하나가 또 있다. 소지품 중에 비상품으
로 꼭 지니고 다니는 것은 볼펜과 핸드폰이다. 예고 없이 닥쳐
드는 사인 공세에 팬들을 위한 지참이다. 사인해 달라는데 장
소가 필요 없고, 주변환경이 장애가 될 수가 없다.

길거리, 노상 점포, 지하철, 시장 등 가리지 않고 '공짜'를 반
갑다며 선호하는 그들에게 사인은 고마운 마음에서 성의를 다
하는 나의 답이 된다.

핸드폰은 항시 살아 움직이는 정보통이다. 내가 무슨 사업가
라고 정보통에 신경을 쓰겠는가? 방송사, 연예인, 기타 사방팔
방에서 느닷없이 연락이 온다.

일테면 스케줄 정리 차원에서 타인들도 마찬가지의 필요성이 대두하겠지만 나에게도 중요한 정보통이 된다. 덕택으로 내 집 안방의 달력에는 붉은 글씨로 일정 예정 스케줄이 **빡빡하게** 기록되어 있다.

옛말에 '세사재심(世事在心)'이란 말이 있다.

세상의 모든 것은 자신의 마음에 있다. 행복을 느끼는 것도, 삶에 긍지를 느끼는 것도, 모두 자신이 마음먹기에 달려 있으며, 행운이란 요행을 바라는 자에게는 찾아오지를 않는다. 행운은 노력하는 자, 마음이 준비된 자에게 찾아온다. 스페인 속담에 '모든 것은 죽음과 함께 사라지지만 선행만은 남는다'고 하였다.

나는 항상 빚진 자의 마음으로 살고 있다. '공짜'가 무엇이 훌륭한가? 보잘것 없는 나! 김상경을 반갑다고 환대해 주는 수많은 국민들의 성원에 몸둘 곳을 찾지 못했으며, 공짜에 대한 수많은 팬들이 전국 방방곡곡에 널려 있다는 생각에 고마운 마음을 금하기 어려웠다.

이는 내가 잘 나서 그런 것이 아니요, 내가 훌륭해서 그런 것도 아님을 나는 잘 안다. 미거하고 보잘것 없는 나를 알아주는 팬들의 성원과 후원은 모두 하늘의 은총이며 조상님들의 음덕이고 또한 나를 키워 주신 고마운 주변인들의 도움 때문이다. 나는 그들 속에 파묻혀 행복한 시간을 보내면서도 '그렇다. 내가 저들에게 보답을 할 수 있는 것은 더욱 봉사하며 선한 삶을 보여주고, 그들에게 진 빚을 갚아야겠다'는 다짐만이 더욱 사무치게도 한다.

서산에 넘어가는 저녁 노을 햇살처럼 내 인생도 저물어 가지만 나도 조금이나마 봉사활동을 하겠노라.

"착한 일을 하면 봄풀 자란 것같이 보이지 않듯이,
악한 일을 하면 숫돌에 칼을 갈아 숫돌이 닳아 없어지다."
(선한 일은 눈에 티가 보이지 않지만 복이 되고,
악한 일을 저지르면 화가 온다는 뜻)

혹독한 어려움과 가난 속에서도 삶을 위한 나의 생애는 투쟁이었고 노력이었지만 성실한 자세로 노력한 결과가 오늘의 공짜 탄생으로 이루어진 것이다. 나는 분명히 외친다.
'인간이 게으름을 피우면 행운도 잠들어 버리지만, 성공한 사람은 새벽잠이 없다.'

"내가 세상에 태어날 때는 울고 왔지만, 봉사와 사랑으로 이 세상을 떠날 때는 웃으면서 가리다."

공짜아저씨 세상보기

계룡산 지게꾼에서 여의도 방송국까지

●

지은이/김상경
펴낸이/김재엽
펴낸곳/한누리미디어

●

100-192, 서울시 중구 을지로 2가 148-73
신화빌딩 401호
전화/(02) 2278-4513, 2268-4514
팩스/(02) 2268-4524

●

등록/제16-467호(1993. 11. 4)

●

초판발행일/2002년 8월 31일

●

ⓒ 2002 김상경 Printed in KOREA

●

값 8,000원

●

E-mail/hannury2001@yahoo.co.kr

●

※잘못 된 책은 바꿔 드립니다.

●

ISBN 89-7969-212-9   03810